스켈레톤 마스터

WISHBOOKS GAME FANTASY STORY
더페이서 게임 판타지 장편소설

스켈레톤 마스터 11

더페이서 게임 판타지 장편소설

초판 1쇄 찍은 날 | 2019년 4월 17일
초판 1쇄 펴낸 날 | 2019년 4월 24일

지은이 | 더페이서
펴낸이 | 예경원

기획 | 위시북스
편집책임 | 이규재
편집 | 위시북스

펴낸곳 | 예원북스
등록번호 | 제396-2012-000132호
등록일자 | 2012. 7. 25
KFN | 제1-400호

주소 | 경기도 고양시 일산동구 호수로 646-24 위너스21II빌딩 206A호 (우)10401
전화 | 031-819-9431 팩스 | 031-817-9432
E-mail | yewonbooksnaver.com

ISBN 979-11-6424-248-1 04810
      979-11-89348-43-4 (set)

스켈레톤 마스터 11

WISHBOOKS GAME FANTASY STORY

더페이서 게임 판타지 장편소설

마스터

Wish Books

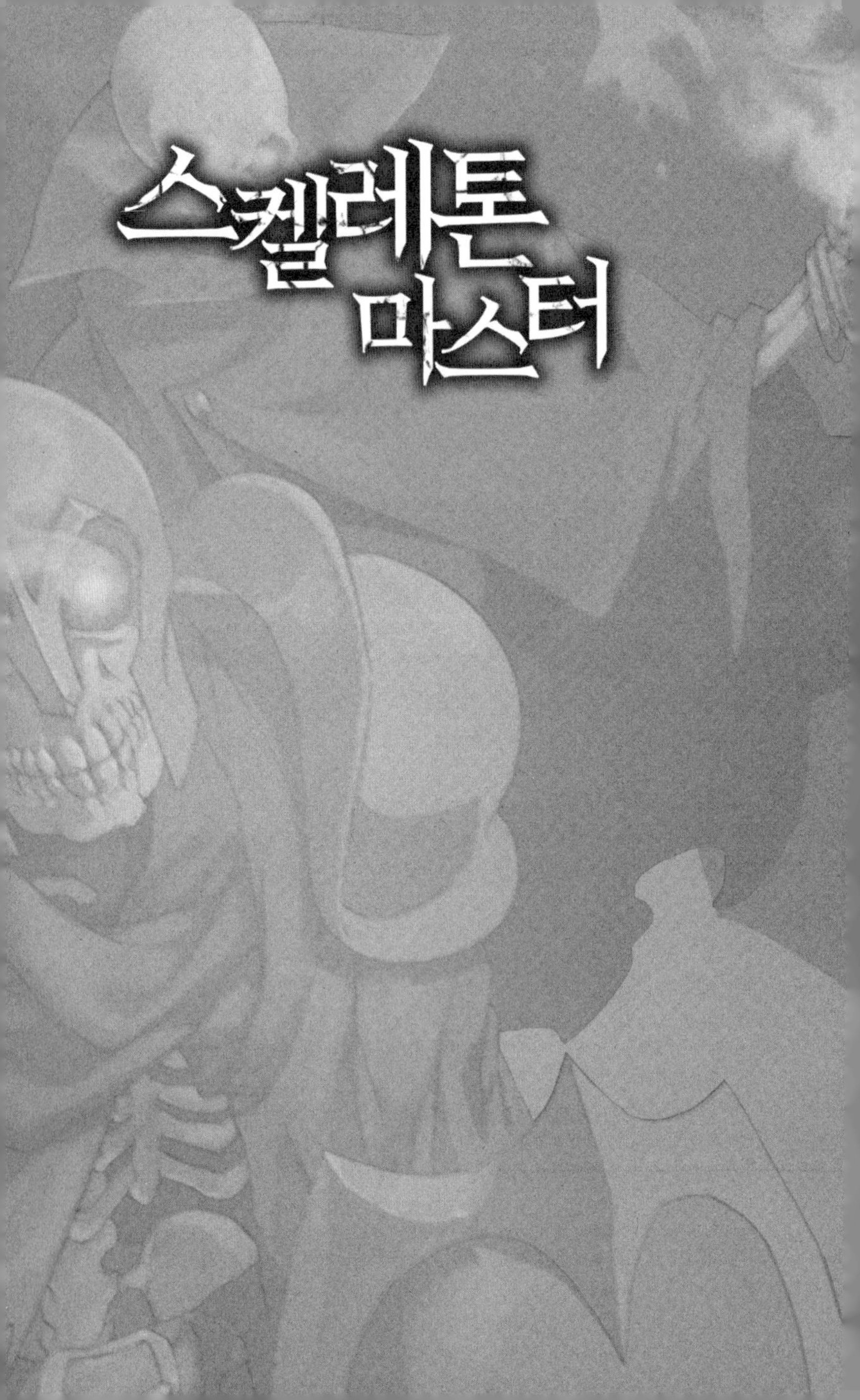
스켈레톤
마스터

··· CONTENTS ···

제1장
강화

추격대원들은 지케라의 시체를 상자에 집어넣은 후 그가 연구하던 물품들을 정리했다.

그사이 추격대장이 무혁에게 다가왔다.

"도움 고마웠네."

"별말씀을."

"함께 가도록 하겠나?"

"예."

추격대원들도 준비를 끝마친 상태였다.

"다들 고생했다. 돌아간다!"

"예!"

가는 길에 칭호를 확인했다.

[변화를 목격한 자]

공헌도 획득량 10퍼센트 증가

명성 획득량 10퍼센트 증가

무혁은 고개를 끄덕였다.

아주 좋아.

공헌도와 명성. 정말 만족스러운 옵션이었다. 앞으로 그 두 가지가 일루전에서 차지하게 될 비중을 생각한다면 웃지 않을 수가 없었다. 이후 상태창이나 몇 가지를 확인했지만 그럼에도 초원을 벗어나지 못했다. 추격대의 움직임이 느린 것도 아니었다. 다만 초원이 너무 넓을 뿐이었다.

지루해진 무혁은 오랜만에 경매장을 열었다. 투명도를 낮게 맞춘 후 길을 걷는 것에 방해되지 않도록 만들었다.

예상대로 두개골은 없었다. 그래도 이것저것 살폈다.

괜찮은 거 없나.

그러다 한 가지가 눈에 들어왔다.

"어……!"

서둘러 옵션을 확인했다.

[작은 힘의 문양]

소환수 힘 +2

내구도 : 무한

사용 제한 : 소환수

[즉시 구매 금액 : 25골드]

[현재 입찰 금액 : 4골드]

소환수 전용 아이템, 문양이었다.

뭐야, 문양이 벌써?

소환수 전용 아이템은 오직 문양사만이 만들 수 있는데 문양사가 풀린 시기가 기억하는 것보다 조금 일렀다. 에피소드 1이 끝날 시점에 등장한 건 비슷한데 시일은 빨랐다.

뭐, 나쁠 건 없지.

분명한 것은 문양이 등장한 이후로도 문양사라는 직업은 제대로 알려지지 않았었다. 1년은 더 지나야 문양사가 모두에게 공개되리라. 기억과 다르더라도 최소한 6개월은 걸릴 것이다. 그렇다면 가격이 조금 비싸도 지금 문양을 구입하는 게 이득이다. 남들보다 조금이라도 더 앞설 수 있을 테니까.

아쉽게도 문양 아이템은 몇 개 없었다.

전부 구매.

단번에 문양 30개가 손에 들어왔다.

같은 시각. 최초의 문양사로 전직한 신규 유저, 반달은 오랜만에 사냥을 하는 중이었다.

하지만 휴식 시간이 될 때마다 깊은 한숨을 쉬고는 했다.

"하아."

"왜 그래, 또."

옆에 있던 친구, 백호가 쳐다봤다.

"또 걱정병 도졌구만."

"걱정병은 무슨."

"시도 때도 없이 한숨 쉬는 게 걱정병이지. 그러게 들어보지도 못한 직업을 왜 하냐고."

"그냥 최초니까 잘될 줄 알았지, 뭐."

소환수 전용 아이템을 만들 수 있는 문양사. 분명 전직을 했을 때만 하더라도 금방 부자가 될 것처럼 기뻤었다.

하지만 그 희망은 문양을 제작하기 위한 재료를 확인하는 순간 공허하게 날아가 버렸다.

"재료비만 20골드라고."

"미친."

"근데 옵션은 완전 구려."

"스탯 2개라며? 누가 그걸 20만 원에 사겠어."

"25골드에 올렸거든."

"미친. 20골드에도 안 팔릴 텐데, 5골드를 더 붙였다고?"

"수수료랑 인건비는 생각 안 하냐."

"크큭, 팔리지도 않을 텐데 인건비는 무슨."

반달이 미간을 찌푸렸다.

"아, 나 갈란다. 레벨이라도 올려야지."

"하, 젠장."

한탄하며 다시금 몸을 일으키는데.

['작은 힘의 문양'이 낙찰되었습니다.]
[22골드 50실버를 지급받습니다.]

['짙은 민첩의 문양'이 판매되었습니다.]
[22골드…….]

"어, 어어……!"

"왜 그래?"

"파, 팔렸어."

"뭐?"

"문양이 팔렸다고! 그것도 한 개만 빼고 전부 다!"

"한 개만 팔린 게 아니고?"

"아니야!"

"미친, 그게 팔리는구나. 총 얼만데?"

"650골드."

아주 오랜만에 환한 미소를 짓는 반달이었다.

한참을 기뻐하던 반달은 문득 의문이 들었다.

"그런데 왜 한 개만 남겼지?"

"더 필요가 없나 보지."

"그런가."

그 순간 갑자기 홀로그램이 떠올랐다.

[무혁 : 안녕하세요, 무혁이라고 합니다. 아이템이 너무 신기해서 문의를 요청했습니다. 현재 저는 조폭 네크로맨서를 키우고 있는데 이 문양이라는 아이템, 스켈레톤에게 사용하기에 아주 좋은 것 같습니다. 현재 경매장에 올린 문양보다 더 옵션이 좋은 게 더 있거나, 혹은 앞으로 제작하면서 괜찮은 옵션의 문양이 나온다면 제가 가장 먼저 구입을 하고 싶은데요. 괜찮을까요?]

반달이 눈을 끔뻑거렸다.

"무, 문의가 왔는데?"

"문의? 누구한테?"

"어, 무혁이라는 유저한테서……."

"뭐? 무혁?"

"어, 왜? 알아?"

백호가 어이없다는 듯 혀를 찼다.

"미친, 무혁을 모른다고?"

"어, 나 그냥 짱박혀서 노가다만 했잖아."

"아, 그랬지."

"근데 누군데 그래?"

"최상위 랭커! 최초의 조폭 네크로맨서! 에피소드 1 오픈한 유저! 최강자 토너먼트 대회 우승자! 이 외에도 더 많겠지만, 아무튼 그 정도로 엄청난 유저라고."

반달의 동공이 크게 확대되었다.

"그, 그 정도야?"

"어."

"그런 유저가 왜……."

"뭐라고 하는데?"

"어, 그게. 나한테서 계속 문양을 구입하고 싶다는데."

"뭘, 디일리?"

"으응."

"근데 뭘 고민하는 건데? 바로 오케이하면 되는 거지."

"그, 그럴까? 이상한 의도는 아니겠지?"

"미친. 장난하냐? 네가 볼 게 뭐가 있다고?"

"그건 그렇지만……."

"하아, 답답하다. 그냥 네 생각을 보내!"

이내 결심을 내렸는지 반달이 답변을 보냈다.

한편. 무혁은 반달의 답변을 기다렸다.

[반달 : 아, 네. 안녕하세요. 반달이라고 합니다. 제안 주셔서 정말 감사합니다. 물론 앞으로도 꾸준히 제작을 할 생각이긴 하지만, 생각보다 재료비가 비싸서 걱정이네요. 그래도 괜찮으시면 제 입장에서는 좋은 것 같아요.]

좋았어.

이 정도면 넘어왔다고 봐도 될 것이다.

-무혁 : 저도 좋습니다. 그럼 자세한 이야기는 나중에 만나서 할까요?

-반달 : 아, 네. 그럼 장소하고 시간을⋯⋯.

-무혁 : 내일 오전 11시, 헤밀 제국 광장에서 보는 게 어떨까요?

-반달 : 알겠습니다!

-무혁 : 그럼 내일 뵙겠습니다.

-반달 : 네! 가, 감사합니다!

스켈레톤 한 마리당 착용할 수 있는 문양의 개수는 3개. 120마리가 넘어가니 최소 360개가 필요했다.

어마어마한 금액이 들겠지만 문양을 제작하는 기간도 있을 테니 한 번에 돈이 엄청나게 깨지진 않을 것이다. 여러 사람이라면 모르지만 한 사람이 제작하는 물량 정도는 충분히 사들일 능력이 있었다. 문양을 모두 3개씩 주입하게 되면 전력도 엄청나게 상승하게 될 것이다.

에피소드 2를 생각하면 그마저도 부족한 기분이었다. 사실 길드를 미리 만들었어야 했는데 에피소드 1이 너무 일찍 시작된 탓에 잊어버리고 말았다.

방법을 찾아야 하는데. 가입을 해야 하나?

이제 와서 길드를 만들어 봐야 늦었다. 좋은 길드에 가입하면 확실히 많은 이익을 얻기는 할 것이다.

성격에 안 맞아서 문제지.

좀 더 생각을 해봐야 할 것 같았다.

"흐음."

잡념을 멈추고 다시 경매장을 살폈지만 눈길을 끄는 물건은 없었다. 경매 시스템을 끄고서 한참을 더 이동한 끝에 겨우 작은 마을에 당도했다. 그곳에서 워프 게이트를 사용했다.

"이동합니다."

눈을 떴을 땐 익숙한 건물들이 시야에 들어왔다.

당연히 아뮤르 공작과 독대할 것이라 여겼는데 아니었다.

"네?"

"폐하께서 직접 보자고 하시더군."

"저를 말입니까?"

"그렇다네. 자네가 확실하게 공을 세웠다고 하던데."

무혁은 고개를 갸웃거렸다.

"자네가 잡혀 있었지 않나."

"그랬었죠."

"이방인들은 그들끼리의 소통 능력이 있다고 들었네."

"아……!"

아무래도 유저들이 무혁을 통해 들은 정보라고 언급한 모양이었다. 아뮤르 공작과 황제는 그걸 이방인들의 능력이라 인식한 것이고.

"아닌가?"

"맞긴 합니다만."

"그럼 되었네."

아뮤르 공작이 몸을 일으켰다.

그를 따라 성내의 중앙. 가장 안전한 곳, 그러면서도 거대한 존재감을 뿜어내는 본성으로 향했다. 가까워질수록 송곳처럼 날카로운 무언가가 전신을 찌르는 듯한 느낌을 받았다.

숨어 있는 호위들인가?

귀족들이 기거하는 곳보다 한층 더 경계가 삼엄했다.

황제가 있는 곳이니까.

무혁은 문득 웃음이 터질 것만 같았다.

설마 이렇게 빨리 올 줄이야.

아마도 본성에 들어서는 최초의 유저이리라.

[헤밀 제국의 본성에 최초로 들어섰습니다.]

[업적 포인트(50)를 획득합니다.]

[명성(5,000)을 획득합니다.]

[칭호 '변화를 목격한 자'로 인해서 명성(500)을 추가로 획득합니다.]

들어서는 것만으로 명성과 업적 포인트를 얻어버렸으니까.

덕분에 미소가 조금 더 짙어졌지만 이곳에서 웃으면 조금 이상힐 것 같았기에 애써 참아야만 했다.

그 표정을 본 아뮤르 공작이 어깨를 두드렸다.

"긴장했나 보군."

"아, 네."

"표정을 풀고, 들어가면 일단 예의부터 갖추게."

"예의라면……?"

"아, 이방인이었지."

"네."

"폐하께서도 이방인이 제대로 된 예의를 바라진 않겠지만 그래도 한쪽 무릎을 꿇고 고개를 숙이는 정도는 꼭 하게나."

"알겠습니다."

대화를 나누는 사이 복도의 절반을 지나온 상태였다.

좌우에 위치한 기사들에게서 위엄이 풍긴다.

복도의 끝, 철문에 가까워질수록 기세 역시 강해졌다.

[기세가 전신을 자극합니다.]

[피로감이 쌓입니다.]

[피로감이 쌓여 지속적으로 HP를 잃습니다.]

[체력 스탯이 110을 넘어 방어합니다.]

[HP가 1만을 넘어 방어합니다.]

하지만 그 기세를 덤덤히 받아들이며 걸음을 옮겼다. 급격하게 늘어난 체력 스탯과 HP로 인해 그 모든 것을 방어해 버렸으니까.

옆에 있던 아뮤르 공작은 놀란 표정을 숨기지 못했다.

"자네, 대단하군."

"예?"

"처음 오는 사람은 기사들의 위엄에 눌려서 숨도 제대로 못 쉬거늘."

"아, 그렇군요."

아뮤르 공작이 고개를 끄덕였다.

"역시 내 눈이 틀리지 않았어. 허허."

"감사합니다."

그사이 복도의 끝에 도착했다. 호화로운 문이 열리고, 저 멀리 왕좌에 앉아 있는 중년의 사내가 보였다.

[최초로 한 제국의 황제를 알현합니다.]

[업적 포인트(50)를 획득합니다.]

[명성(10,000)을 획득합니다.]

[칭호 '변화를 목격한 자'로 인해서 명성(1,000)을 추가로 획득합니다.]

떠오른 메시지에 무혁은 속으로 환호를 외쳤다.

미친, 오늘 왜 이래?

벌써 업적 100점에 명성 16,500점을 얻었다. 이것도 엄청난 보상이지만 정작 퀘스트 보상은 아직도 남아 있었다.

잡념에 빠져 있는데 옆에서 기척이 느껴졌다.

아뮤르 공작이 한쪽 무릎을 꿇고 고개를 숙인 것이다.

아……!

무혁 역시 서둘러 그를 따라 했다.

그제야 황제가 입을 열었다.

넓은 홀을 은은하게 울리는 목소리가 고막을 파고든다.

"가까이 오라."

"예, 폐하."

고개를 들고 몸을 일으킨 후 시선을 아래로 한 후 앞으로 나아갔다. 계단 앞에서 멈춘 후 다시 같은 자세를 취했다.

"그래, 자네가 그 이방인인가."

"예, 폐하."

"이번에 아주 큰 도움이 되었다더군. 해서 얼굴을 직접 보고 싶어서 불렀네."

황제는 묘한 눈길로 무혁을 쳐다봤다.

"이곳에 오는 동안 어려운 점은 없었나."

"괜찮았습니다."

확실히 무혁의 안색은 평온했다.

"기사의 길을 아무렇지도 않게 통과했다, 그건가?"

황제의 시선은 아뮤르 공작에게 향한 상태였고 그 시선을 받은 아뮤르 공작은 곧바로 고개를 끄덕이며 대답했다.

"그렇사옵니다."

"호오, 그랬군."

황제는 웃으며 말을 이어갔다.

"나이가 드니 말이 많아지는군, 이방인 무혁."

"예, 폐하."

"자네의 노고를 치하하네."

"감사합니다."

그 순간 메시지가 연달아 떠올랐다.

[에피소드 1, '죽어버린 자의 선두'를 완료했습니다.]

[극대량의 경험치를 획득합니다.]

[대량의 명성을 획득합니다.]

[레벨이 상승합니다.]

[포르마 대륙 공용 공헌도(2,500)를 획득합니다.]

[칭호 '변화를 목격한 자'로 인해서 공헌도(250)를 추가로 획득합니다.]

[서브 퀘스트, '총책임자의 권위'를 완료했습니다.]

[경험치를 획득합니다.]

[명성(5,000)을 획득합니다.]

[칭호 '변화를 목격한 자'로 인해서 명성(500)을 추가로 획득합니다.]

[퀘스트 '몰려드는 어둠'을 완료했습니다.]

[퀘스트가 '발시언에게로'로 이어집니다.]

첫 번째로 레벨이 오른 것에 기뻐했고 두 번째로 공용 공헌도의 획득에 환희를 느꼈다. 마지막으로 몰려드는 어둠이 클리어되었다는 글귀에 세상을 전부 가진 것만 같았다.

완전 깔끔한데?

아주 완벽하게 에피소드 1이 마무리된 것이다.

"그보다, 자네가 꽤 마음에 드는군. 그래서 특별히 선물 하나를 주겠네."

"예?"

"싫은가?"

싫을 리가 있나.

"감사히 받겠습니다."

"좋구나."

황제가 몸을 일으켰다. 그러곤 무릎을 꿇은 채 고개를 숙이고 있는 무혁에게 다가가더니 앞에서 검을 뽑았다.

"약식이지만 전 대륙에 나의 말이 퍼질 것이다."

무혁은 순간 숨이 멎는 기분이었다.

이거, 설마……!

검이 천천히 움직이며 무혁의 머리를 맴돌았다.

"헤밀 제국의 황제, 포른 아르밀로가 이방인 무혁에게 준남작의 작위를 내리노라. 또 자그마한 영토를 하사할지니, 그곳을 부흥케 하라."

순식간에 귀족이 되어버린 무혁이었다.

[최초로 귀족이 되셨습니다.]

[업적 포인트(50)를 획득합니다.]

[명성(5,000)을 획득합니다.]

[칭호 '변화를 목격한 자'로 인해서 명성(500)을 추가로 획득합

니다.]

떠오른 메시지는 서비스였다. 설마 지금 시기에 귀족 작위에 영지까지 받을 줄은 생각지도 못한 무혁이었다.

이거, 길드에 가입 안 해도 되겠는데?

큰 고민 하나가 사라진 기분이었다.

그래, 내가 길드를 만들고…….

이것저것을 생각하는 사이 황제가 검을 검집에 꽂았다. 그 소리에 정신을 차린 무혁이 입을 열었다.

"감사합니다."

담백한 인사였지만 황제는 마음에 든 모양이었다.

"영지는 헤밀 제국 외곽에 위치한 칼럼이란 곳이네."

"칼럼……."

"관리에 힘써주길 바라네."

"물론입니다."

"좋군. 그럼 두 사람 모두 다음에 또 보기로 하지."

"예."

"이만 물러가 보겠습니다."

무혁은 아뮤르 공작을 따라나섰다.

문이 열리고 다시 기사의 길로 들어섰지만 이번에는 압박감이 느껴지지 않았다. 들어올 때는 시험해도 나갈 때는 아닌 모양이었다.

그렇게 긴 복도를 지나 본성에서 나온 무혁은 아뮤르 공작과 헤어진 후 스승을 찾아갔다.

가는 길에 영지 정보창을 열어 영지에 대한 걸 확인했다.

이름 : 무혁

삭위 : 문님직

영지 : 칼럼 마을

인구수 : 920명

영지 명성 : 9

치안 상태 : 나쁨

발전도 : 최하

아주 간략한 상태창이었다.

920명이라.

작은 마을이지만 어떻게 관리하느냐에 따라 발전도가 달라질 것이다. 발전도가 높아지면 자연스럽게 인구가 늘어나게 되고 덩달아 돈의 흐름 역시 거대해진다.

세금도 많아지고. 세금의 일부가 영주의 개인 자금이 된다. 영지 하나를 제대로만 키운다면 세금으로만 어마어마한 부를 쌓을 수 있게 되는 것이다.

게다가…… 길드전, 영지전에서 우위를 차지할 수 있다.

아주 좋은걸.

그사이 목적지인 발시언의 집에 도착했다.

오늘은 사람이 없네.

"스승님."

문이 벌컥 하고 열렸다.

"음? 너냐?"

"예."

"들어와라."

안으로 들어간 무혁이 자리에 앉았다.

"그래, 무슨 일이냐. 또 인사하러 온 건 아닐 테고."

"네, 전에 저한테 부탁하셨잖아요."

"부탁?"

"어둠을 찾으라고……."

"아, 그랬었지. 그게 왜?"

"아무래도 제가 찾아낸 것 같아서요. 아니, 처리한 것 같아서요."

"뭐? 정말이냐!"

발시언 영감의 목소리가 커졌다.

"네, 우연치 않게 흑마법사를 발견하게 되었는데……."

헤밀 제국과 흑마법사 지케라. 그 사이에서 있었던 일을 간략하게 들려줬다.

"허어, 그랬단 말이지."

"네."

"잠시만 기다려라. 확실하게 알아보고 올 터이니."

"알겠습니다."

발시언이 밖으로 나가고 무혁은 홀로 집에 남게 되었다. 그런데 몇 분이 지나지 않아서 낯선 목소리가 들려왔다.

"실례합니다."

"……."

처음에는 무시했다.

"실례합니다!"

그런데 또다시 목소리가 들렸고 뒤이어 문이 쿵쿵거렸다.

"음……?"

조심스럽게 열어보니 유저 한 명이 보였다.

"조폭 네크로맨서가 되고 싶어서 찾아왔습니다!"

하필이면 발시언이 없는 지금 유저가 나타난 것이다.

그것도 신규 유저가.

"어, 저기……."

"열심히 하겠습니다!"

"그게, 그러니까……."

"최선을 다하겠습니다!"

"저기요……?"

무혁의 반응이 이상했던 걸까. 유저는 울상을 지었다.

"제발요, 뭐든지 할게요."

"저, 아닌데요."

"네?"

"당신이 찾는 사람이 아니라고요. 저도 유저예요."

"아……?"

"스승님은 잠깐 어디를 나가서서요."

"아, 아아……!"

유저는 상황을 깨달았는지 얼굴을 붉혔다.

"죄, 죄송합니다!"

"괜찮아요."

"그, 그럼 다음에 다시 올게요!"

"아니, 그냥 기다려도……."

사내가 황급히 돌아서 갔다.

"……되는데."

그의 뒷모습이 완전히 사라졌을 때 무혁은 피식하고 웃으며 문을 닫았다. 다소 황당한 경험을 뒤로한 채 무혁은 다시 발시언을 기다렸다.

다행스럽게도 5분 정도가 지났을 무렵 그가 돌아왔다.

"흑마법사와 어둠이 연관이 있더구나."

퀘스트에 그렇게 나왔으니 당연한 일이었다.

[퀘스트 '발시언에게로'가 완료됩니다.]
[극대량의 경험치를 획득합니다.]
[레벨이 상승합니다.]

퀘스트 하나로 레벨이 올라 버렸다.

하긴, 오래 걸렸으니까.

하지만 이게 전부라면 아주 섭섭할 것 같다는 생각을 하며 조금 더 기다렸다.

"아무튼, 고생했다."

예상대로 뭔가가 있는 모양이었다. 무혁의 어깨를 한 번 툭 하고 친 발시언이 방의 구석으로 향하더니 무언가를 꺼냈기 때문이다. 그 무언가를 애틋하게 바라보던 그가 몸을 돌렸다. 발시언은 상자를 손에 쥐고 있었다. 그 상태로 다가와 무혁에게 내밀었다.

"받아라."

"이건⋯⋯?"

"조폭 네크로맨서만이 사용할 수 있는 물건이다."

이게 바로 진짜 보상이리라.

"봐도 되나요?"

"물론."

무혁은 곧바로 상자를 열었다.

별 모양의 물건.

"이건⋯⋯."

아무리 봐도 문양 아이템이었다.

"내 오랜 친우가 만들어준 문양이다."

"오랜 친우⋯⋯?"

"그래."

그제야 한 가지 예상되는 게 있었다.

문양 하나를 손에 쥐었다.

[고대의 문양]

소환수 한 마리에게 '지휘 권한'을 부여한다.

사용 제한 : 조폭 네크로맨서

[지휘 권한]

소환사의 생각을 읽어낼 수 있으며 그 수준에 맞는 지휘술을 구사한다.

예상대로 고대의 문양이었다. 그것도 지휘와 관련된.

"이걸로 지휘 능력을 소환수에게 부여할 수 있지. 오직 네 마리, 단 네 마리에게만 그 능력을 줄 수가 있단 말이야. 그 능력을 부여받는 순간 소환수는 소환사의 생각을 읽어내기라도 한 것처럼 적절한 지휘 능력을 구사하게 되지. 어떠냐? 대단하지? 아직 잘 모르겠다고? 생각을 해봐라. 아무리 능력이 뛰어나도 수백의 스켈레톤을 이끌게 되면 지휘에 혼동이 오게 마련이고, 또 무시하게 되는 스켈레톤도 생기게 되지."

요즘 들어 무혁도 느끼는 부분이었다. 고개가 끄덕여졌다.

"이 문양을 사용하면 그런 부분을 없애주기에 언제나 최상의 전력을 유지할 수 있다는 소리야. 아무것도 하지 않아도 알아서 움직이는 스켈레톤 군단의 모습이 상상이 가나?"

그제야 머릿속에 떠올랐다. 영화의 한 장면처럼.

순간 오싹한 소름이 돋아났다.

"그 대단함을 조금은 알고 있는 모양이구만."

"그럼요. 저도 나름 수제자인데요."

"그래, 그렇지. 그런데 말이다."

발시언의 분위기가 갑자기 무거워졌다.

"아직 어둠이 전부 사라진 건 아니었어."

"네……?"

순간 무슨 소리인지 이해가 되지 않았다.

흑마법사, 지케라. 그는 분명히 죽었는데?

"그가 어둠의 일부였던 것은 맞지만 어둠은 보다 더 깊은 곳에 숨어 있을 거야."

"……."

"지금 당장은 큰 문제가 없는 것으로 보이니 일단은 강해지는 것에 집중해. 뭐, 이번 도움으로 내 입지가 조금은 높아질 것 같기도 하고 말이다. 아무튼 지금은 강해지는 것이 중요하니 한 가지 시험을 주마."

"아, 네."

"제자들과 함께 던전 하나를 완벽하게 깨뜨리고 와라."

새로운 퀘스트였다.

[강해지기 위해서]

[움직이던 어둠은 사라졌지만 그 실체가 드러나지 않은 어둠은 여전히 숨 쉬고 있다. 아직은 잠들어 있는 어둠을 피해 힘을 키워야만 하리라. 조폭 네크로맨서들과 함께 발시언이 알려준 위치로 향하라. 그곳에서 S등급으로 던전을 클리어하라.]

[성공할 경우 : 경험치, 스킬.]

예전에 한 번 언급했던 조폭 네크로맨서 단체 퀘스트가 바로 이것이었다. 물론 무혁이 기억하고 있는 내용과는 달랐지만 보상이 무려 스킬이었기에 불만 따위는 전혀 없었다.

S등급 수준으로 클리어하라는 약간 이해가 가지 않는 문구가 있기는 했지만 그냥 완벽하게 클리어하라는 소리로 이해를 하면되리라.

"할 수 있겠지?"

"물론이죠."

"좋아. 그럼 내일 점심 먹고 바로 와라."

"그럴게요."

인사를 한 후 발시언의 집을 나섰다.

내일은 바쁘겠네.

일단 정비부터 마치기로 했다. 먼저 잡화점으로 향해 인벤토리에 있는 잡템들을 처분했다. 이후 식품점으로 향해 향신료와 음식재료, 음식 도구를 구입했다. 마지막으로 대장간에서 1회용 제작 도구까지. 업적 포인트와 공헌도를 사용할까 싶었지만 지금 당장은 필요한 게 없었기에 아껴두기로 했다.

고대 문양은?

그것도 조금 더 생각한 후에 어떤 스켈레톤에게 사용할지 결정할 계획이었다.

그러면 이제…….

문득 일루전TV가 떠올랐다.

아, 이제 켜야 되겠지?

잠시 일루전에서 나간 후 일루전TV를 켜고 캡슐과 연동시 켰다.

[채널이 활선하된! !다]

순식간에 시청자들이 입장했다.

-우와, 켜졌다!

-저 소식 듣고 대기하고 있었음.ㅎㅎㅎ

-저도요ㅋㅋ 에피소드 1 끝났다는 이야기 들어서 이제 일루전TV 다 시 시작할 거라고 예상하고 있었음ㅋㅋㅋ

-크, 유입 속도 보소…….

-지린다.

-무혁 님! 보고 계신가요! 스탯이랑 능력치 많이 떨어지셨을 텐데ㅠ ㅠ 힘내세요!

-그러게요. 힘내세요!

-아자, 아자!

시청자들의 채팅을 보던 무혁은 미소를 지으며 다시 캡슐에 누웠다. 정비를 마친 상태였기에 남은 시간동안 의뢰를 수행하 기로 했다. 용병 길드로 향해 의뢰를 살폈는데 짧은 시간 내에 끝낼 수 있을 의뢰가 보이지 않았다.

"다른 건 없나요?"

"음, 왜 그러시죠?"

"오늘 안으로 끝낼 수 있는 걸 하고 싶어서요."

안내원이 잠시 생각에 잠겼다.

"그럼 등급을 낮춰서 보시는 건 어떠세요?"

"의뢰 등급을요?"

"네, 현재 B등급이신데 C등급 의뢰를 맡으시면 금방 끝나겠죠. 대신 그만큼 보상이 줄어들긴 하겠지만요."

"흐음, 일단 보죠."

"여기 있습니다."

C등급 특급 의뢰를 살피던 중 한 개가 눈에 들어왔다. 토벌 의뢰였지만 거리가 가깝고 몬스터의 레벨이 낮아서 금방 끝낼 자신이 있었다.

"이걸로 하죠."

"알겠습니다. 본래 이 의뢰를 클리어할 경우 공헌도 30점을 얻을 수 있는데 등급이 높으셔서 절반으로 줄어들게 됩니다. 그 점, 유의해 주세요."

"그러죠."

보상이 줄었음에도 노력에 비해서 나쁘지 않았다.

공헌도 15면 괜찮지. 칭호까지 포함한다면 16.5점이 된다. 의뢰를 수락되자마자 사냥터로 향한 무혁은 그곳에서 새롭게 얻은 스킬, 어둠의 힘을 마음껏 사용했다.

[어둠의 기운이 주변으로 퍼집니다.]

[반경 10미터 이내, 적 생명체에게 고정 대미지(20)를 입힙니다.]

[MP가 1소모됩니다.]

[HP가 2회복됩니다.]

…….

메시지가 무서운 속도로 떠올랐기에 아예 꺼버렸다.

흐음, 어쩌면……?

소환수를 전부 소환했다.

MP가 지속적으로 줄어들긴 했지만 이 정도라면 최소 6시간은 사냥이 가능할 것 같았다. 무한은 아니지만 충분히 그에 달하는 수준이었다. 사실상 6시간이나 전투를 지속적으로 이어갈 상황이란 건 극히 드물었으니까.

만족스럽게 웃은 무혁은 주변 몬스터를 학살했다. 덕분에 저녁 11시가 되기 전에 토벌 의뢰를 클리어할 수 있었다. 곧바로 헤밀 제국 용병 길드로 돌아가 의뢰를 마치고 보상을 받았다. 그렇게 그날을 마무리 지었다.

무혁이 잠든 그 시각. 한 가지 새로운 소식이 일루전 홈페이지를 강타했다.

└와, 대박이다…….

└지량이라는 대장장이 유저죠? 진짜 최고인 듯.

└제작 레벨 마스터라니⋯⋯!

새로운 시대가 도래하는 순간이었다.

⊙

다음 날. 아침 일찍 눈을 뜬 무혁은 헬스장을 다녀온 후 가족들과 함께 아침을 먹고 거실 소파에 앉아 휴대폰으로 일루전 홈페이지에 접속했다.

새로운 소식은 없으려나.

사실 뭔가를 기대한 건 아니었다. 일종의 습관이었으니까.

"어⋯⋯!"

그런데 꽤 많은 것을 변화시킬 새로운 컨텐츠가 새벽녘에 열려 버린 상태였다.

[제목 : 새로운 컨텐츠]

[내용 : 사실 저는 뭔가 있을 거라고 생각하고 있었죠. 솔직히 동등한 몬스터 사냥할 때 대미지 안 박히는 거 보면 얼마나 짜증 났는데요. 근데 드디어 사냥에 한 획을 그을 진짜 컨텐츠가 등장했네요. 오랫동안 모아온 골드를 드디어 쓰겠군요. 대장장이 지량 님, 정말 감사합니다.ㅎㅎㅎ]

강화 시스템. 대장장이 지량이 제작 스킬을 마스터하여 아이템 강화 스킬을 획득한 것이다. 현재로선 유일한 존재이기에 무수한 유저들이 그에게서 아이템을 강화받기 위해 줄을 서리라. 강화 비용으로 상당한 액수를 받을 것이 뻔하니, 떼돈을 버는 것도 시간문제일 것이고.

아쉽네.

사실 은근히 기대를 하고 있었던 터였다. 칭호로 인해서 스킬 레벨도 1 올랐으니 말이다.

하지만 역시 대장장이를 상대로 이길 순 없었던 모양이었다. 사실 18레벨인 제작 스킬을 마스터까지 찍기 위해서는 적어도 3개월 이상은 소요될 예정이었다.

칭호로 인해 19레벨이 되어 1개월 이상의 시간이 줄어들었지만 여전히 많은 시간을 투자해야만 제작 스킬 마스터가 될 수 있다.

나도 받아야 하나?

이미 예약한 유저만 어마어마할 것이다.

일단 문의라도 해봐야겠어.

3주 정도 걸린다면 지량이라는 대장장이에게 강화를 받을 생각이었고 그 이상이라면 직접 제작 스킬을 마스터하여 강화를 생각이었다.

서둘러 쪽지를 보냈다.

[내용 : 안녕하세요. 조폭 네크로맨서를 키우고 있는 유저, 무혁이라고 합니다. 혹시 강화를 받을 수 있을까 싶어서 쪽지 보냅니다. 얼마나

기다려야 하는지, 그리고 비용은 얼마인지 알려주시면…….]

답장은 생각 외로 금방 왔다.

[내용 : 지량이라고 합니다. 랭커분이시네요ㅎㅎ. 그런데 어쩌죠? 지금 예약자가 많아서 최소한 4주 정도는 걸릴 것 같습니다. 예약을 하게 되신다면 일단 재료비를 전부 부담하셔야 하고, 강화에 실패하더라도 일정 부분의 금액을 주셔야 합니다. 실패할 경우의 비용은…….]

4주라는 글귀에서 쪽지를 꺼버렸다.

그냥 직접 마스터 찍어야겠네.

누군가는 오늘 강화를 받고 남들보다 앞서가겠지만 무혁은 강화 대신 문양의 힘으로 그 격차를 메울 생각이었다. 소환수 100마리에게 문양을 3개씩 착용시킨다면 강화에 돈을 어마어마하게 투자한 유저와 비교해도 뒤떨어지지 않으리라.

그래, 문양이면 충분하지.

게다가 조금만 더 시간이 지나면 무혁도 강화를 할 수 있게 된다. 그러면 오히려 훨씬 더 앞서가게 될 것이 분명했다.

한편. 무혁의 방송을 기다리는 시청자들 역시 새롭게 오픈한 강화 컨텐츠에 큰 흥미를 느끼고 있었다.

그것에 관해 쉴 새 없이 이야기를 주고받는 상황이었다.

-저도 강화해 보고 싶네요ㅠㅠ

-문제는 예약자가 너무 많다는 거…….

-ㅇㅈ

-문의해 봤는데 한 달 가까이 걸리던데요?ㅋㅋㅋ

-어우…….

-다른 대장장이분들도 빨리 제작 마스터했으면 좋겠네요.

-어, 근데 문득 든 생각인데요, 이게 착각인가? 아니면 진짜인지 애매해서 물어봅니다.

-ㅇㅇ?

-무혁 님, 제작 레벨이 몇이었죠?

-어, 18이었던가.

-맞죠?

-ㅇㅇ

-엥? 그렇게 높아요?

-무혁 님 대장장이임?

-장난?ㅋㅋㅋ 조폭 네크잖아요ㅋㅋㅋ

-아는데, 제작 레벨이 너무 높아서…….

-18레벨 맞아요. 전에 분명히 봤음.

-헐, 대박이네요.

-무혁 님도 곧 있으면 강화 배우시겠네.

-18레벨부터 엄청 안 올라요. 적어도 3개월은 걸림.

-아…….

-아쉽네ㅠㅠ

그때 무혁이 접속했다.

-오, 무혁 님 오셨네요.
-크, 제작 레벨 좀 보여주면 좋겠다……

그 애원이 들렸던 걸까.
무혁은 가볍게 상태를 확인하기 시작했다.

-어어……!
-헙, 지금 스킬 레벨 나왔음!
-캡처!
-ㅁㅊ, 제작 레벨이 19?
-왜 19지? ㄷㄷ
-그러게요. 분명 흑마법사 토벌하는 시점에 18레벨로 상승했다고 봤던 거 같은데……
-뒤에 +1이 있네요. 아무래도 아이템 효과인 듯?
-ㅁㅊ. 아이템에 스킬 레벨 올려주는 것도 있음?
-뭐, 저야 모르죠.
-없을 이유는 또 뭐임?ㅎㅎ
-맞음. 일루전인데.
-일루전은 다 가능함ㅋㅋ
-그럼 제작 레벨 1만 올리면 마스터……?

-강화 배우겠네.

-얼마나 쌔지려는 거지?ㅋㅋㅋㅋ

-무혁 님! 강화 배우면 저도 강화 좀 해주세요!

-저도요ㅋㅋㅋㅋㅋ

-부럽다ㅠㅠ

그 순간 갑자기 화면이 꺼졌다.

-뭐임?

-당황······.

-로그아웃인가?

-로그아웃 한다는 메시지 없었는데요?

-그냥 끈 건가?

-설정 들어간 후에 꺼졌으니······.

-ㅇㅇ, 걍 끈 듯.

-아, 왜 끈 거야!

-어서 켜주세요!

-무혁 님, 빨리 켜주시죠! 아니면 저 나갑니다!

-ㅋㅋㅋㅋ협박 클라스.

그들이 난리를 치는 사이. 무혁은 인벤토리에서 고대의 문양을 꺼낸 상태였다.

이건 보여줄 수 없지.

문양에 관해서는 정보를 흘릴 수 없기에 일루전TV를 끈 것이었다.

"소환."

어제까지만 하더라도 그냥 아머나이트 네 마리에게 문양을 사용할까 싶었다. 그런데 생각하면 할수록 4라는 숫자가 눈에 밟혔다.

아머나이트. 아머아처. 아머메이지. 아머기마병.

그러다 오늘 아침, 문득 떠올랐다. 그들에게 각기 하나씩 사용하는 게 가장 효과적일지도 모른다는 생각이 말이다. 어쩌면 4라는 숫자는 바로 그 힌트를 위한 것일지도 모르고.

사실 지휘와 연관이 있는 고대 문양에 관해서는 무혁도 알고 있는 정보가 없었기에 확신할 순 없었다. 다만, 그간의 경험이 자꾸만 그렇게 외쳐 대고 있었다. 그리고 그 외침을 끝내 외면하지 못한 채 결론을 내렸다. 그렇기에 행동에 망설임이 없는 것이었다.

키릭, 키리릭?

턱을 부딪치는 스켈레톤에게 다가갔다.

저벅.

부르탄 앞에서 멈춘 후 고대의 문양 하나를 머리에 올렸다. 그러자 문양이 스스륵 녹으며 흡수되었다.

[스켈레톤 '부르탄'이 고대의 문양을 흡수했습니다.]
[지휘 권한이 생성됩니다.]

[스켈레톤 '아머아처1'이 고대의 문양을 흡수했습니다.]
[지휘 권한이 …….]

다음은 아머아처1이었다. 아머메이지1과 아머기마병1에게도 고대 문양을 흡수시켰다.

총 네 마리. 이젠 녀석들이 알아서 움직이리라.

부디 선택이 맞기를.

속으로 바라면서 인벤토리를 살폈다.

이것도 사용하자.

경매 시스템을 이용해 구입했던 문양을 마저 꺼내 하나씩 흡수시켰다.

[아머나이트1이 '작은 힘의 문양'을 흡수했습니다.]
[아머나이트2가 '작은 힘의 문양'을 흡수했습니다.]
[아머메이지1이 '작은 지식의 문양'을 흡수했습니다.]

그리 오랜 시간은 걸리지 않았다.

갖다 대기만 하면 되었으니까.

후, 끝났다.

스켈레톤들을 마계로 이동시킨 후 약속 장소인 중앙 광장으로 향했다. 이제 10시가 조금 넘은 시각이었지만 딱히 할 일이 없었기에 그곳에서 경매장 시스템이나 구경하면서 기다릴 생각이었다.

마계 F11 지역에 소환된 스켈레톤들.

키릭, 키리릭.

두 마리가 앞으로 나섰다.

부르탄과 아머기마병1이었다.

-날 따라와라.

-알았다.

-거기부터 거기까지는 뒤를 보호한다.

-그러지.

부르탄의 뒤를 아머나이트 일부가 따랐고 나머지는 뒤쪽에 위치한 아머아처와 아머메이지를 보호하듯 막아섰다.

-우리는 앞으로 향한다.

-좋다.

아머기마병과 일반 기마병은 돌진을 준비했다.

-전진.

얼마 후 9급 마수와 마주했다.

척, 처적.

스켈레톤들이 일사불란하게 움직였다.

-돌진!

아머기마병은 모든 것을 무너뜨릴 것처럼 질주했다. 말에 탑승한 상태였기에 가속도가 붙었고 그 수도 적지 않아서 충분히 위압적이었다. 그대로 9급 마수와 부딪혔고 힘을 이기지 못한 마수가 뒤로 튕겨 나갔다.

마수를 지나친 아머기마병들이 말을 돌린 후 다시 한번 돌진했다. 그에 맞은 마수가 이번에는 부르탄과 아머기마병이 위치한 곳으로 밀려났다.

-준비.

거리가 충분히 좁혀졌을 무렵.

키아아아아악!

부르탄이 기파를 뿜어냈다.

비틀거리는 마수.

-화살을 날려라!

-마법을 사용하라!

아머아처와 아머메이지의 공격이 이어졌다.

쾅, 콰과과과광!

9급 마수가 순식간에 녹아버렸다.

-별거 아니군.

-다시 간다.

고대의 문양을 흡수하고 지휘 권한이 생기면서 스켈레톤은 확실히 유기적으로 변모했다. 무혁이 없음에도 불구하고 마치 잘 훈련된 군인처럼 움직이기 시작한 것이다. 위기가 닥치면 아머나이트1이 검에 붙은 특수 옵션, 피해 흡수를 사용하기도 했다. 덕분에 8급 마수가 무리를 지어 오더라도 크게 어렵지 않았다.

-7급이다.

-여러 마리다.

-피해가 꽤 클 것 같다.

-그럼 돌아간다.

-알았다.

게다가 막무가내로 싸우지도 않았다.

피해를 최소화한 채. 조금이라도 더 많은 마수를 물리치기 위해서 움직였다. 덕분에 8급과 9급 마수 위주로 사냥하면서 상당한 시간 동안 생존할 수 있었다.

같은 시각. 무혁은 헤밀 제국 광장에 도착했다.

[소환수가 경험치를 획득합니다.]×3

떠오르는 메시지를 보며 무혁이 눈을 빛냈다.

마계에서도 된다, 이거지?

평소보다 훨씬 더 많은 경험치가 쌓이고 있었으니 그 이유가 무엇일지 짐작이 되었다.

지휘 권한 덕분이겠지.

잠시 경험치 창을 열어뒀다.

[현재 획득한 소환수 경험치 : 3,216]

경험치가 착실하게 쌓이고 있었다.

4천, 5천. 6천……!

조금만 더 있으면 1만 경험치가 쌓일 것이고 그것으로 스켈레톤의 스탯 1개를 올릴 수 있게 된다. 흐뭇하게 웃으며 수치의 증가를 지켜보고 있으니 시간이 빠르게 흘러갔다.

순식간에 11시에 가까워진 것이다. 그때, 누군가가 다가와 무혁의 옆에 섰다.

"저기, 실례합니다."

고개를 돌리자 동그란 얼굴형의 사내가 보였다.

"아, 네."

"무혁 님 맞으시죠?"

"맞아요."

"그, 어제 문의받았던 반달이라고 합니다."

"아, 반가워요."

"네!"

무혁은 웃으며 손을 내밀었다.

"일단 파티부터 할게요."

파티를 신청하자 파티창에 이름이 떠올랐다.

반달이 맞았다.

레벨이 47이라.

꽤나 낮은 편이었다.

잡념을 지우며 주변을 둘러봤다.

"너무 시끄럽죠?"

"아, 네."

"그럼 일단 자리부터 옮길게요."

무혁이 나아가자 반달이 서둘러 뒤를 쫓아왔다. 근처 괜찮은 음식점으로 들어가 자리를 잡고 입을 열었다.

"자, 그럼 이야기를 나눠볼까요?"

문양에 대해서. 그리고 독점 거래에 대해서도 말이다.

문양사인 반달과의 대화는 순조로웠다.

"……이 정도면 어떨까요?"

"전 좋아요."

"더 원하는 건 없으시고요?"

"네!"

이야기를 나누는 동안에도 메시지가 몇 번이나 울렸다.

[소환수가 경험치를 획득합니다.]×3

귀찮았기에 그냥 꺼버렸다.

"그럼 독점적으로 공급하는 걸 내용으로 해서 계약서를 작성하도록 하죠."

"알겠습니다!"

무혁이 상인의 계약서를 꺼냈다.

"상기 내용을 지키지 않을 경우 페널티로……."

계약서가 완성되자 빛이 일어났다.

[상인의 계약서를 작성하셨습니다.]

무혁이 몸을 일으켰다.

"그럼 문양이 만들어지면 연락 주세요."

"네, 문자 보낼게요."

"저도 바로 휴대폰에 저장해 놓을게요."

"넵, 알겠습니다!"

식당에서 나온 무혁은 현실 시간부터 확인했다.

11시 35분. 생각보다 오래 걸렸다.

영지는 못 가겠는데.

아무래도 조폭 네크로맨서 단체 퀘스트를 먼저 깬 이후에 영지에 들러야 할 것 같았다. 아쉬웠지만 퀘스트를 빨리 깨면 되는 문제였기에 마음을 다잡았다.

일단 밥부터 먹자.

물론 그 전에 해야 할 일이 있었다.

[현재 획득한 소환수 경험치 : 19,750]

[스탯으로 변환하시겠습니까?]

[Yes/No]

평소에는 5천 점도 힘들었는데 오늘은 2만 점에 가깝게 경험치가 쌓여 있었다. 지휘 문양의 효과가 그 정도로 대단한 것이리라.

예스를 선택하자 글귀가 바뀌었다.

[소환수를 택해주십시오.]
[사용할 경험치를 택해주십시오.]
[원하는 스탯을 선택해 주십시오.]

[10,000의 경험치를 사용합니다.]
[아머메이지1의 지식(1)이 상승합니다.]

경험치 1만을 사용해 아머메이지의 지식을 올렸다.

스탯을 올린 후 일루전TV를 켰다. 점심을 먹고 들어와서 틀까도 생각했지만 막무가내로 화면을 꺼버린 게 조금 미안했기에 인사라도 할 참이었다.

물론 진실을 밝힐 순 없었으니 거짓말을 해야 했지만 그것만으로도 기다리는 시청자에겐 힘이 될 것이었다.

"음, 잠깐 문제가 있어서 화면이 안 나왔던 것 같습니다. 정말 죄송합니다. 그리고 지금은 점심을 먹어야 돼서 잠깐 나갔다가 들어오겠습니다."

인사를 하고 채팅 화면을 확인했다. 다행히 반응이 나쁘지 않았다.

-오, 켜졌다!

-이제야······.

-오래 기다렸습니다.ㅠㅠ

로그아웃, 캡슐에서 나와 반달 유저의 번호를 휴대폰에 저
장한 후 거실로 향했다.

"나왔어?"

"응, 누나는?"

"놀러 갔지, 뭐."

"아버지는?"

"낚시하러 가셨다."

대답하는 어머니의 목소리가 조금 서글프게 느껴졌다.

"누나 방에 캡슐 있지?"

"있지. 왜?"

"엄마는 일루전 안 해?"

"이 나이에 무슨."

"나이가 무슨 상관이야."

"됐어."

"흐음."

조금 더 조르면 가능할 것 같기는 했지만 사실 어머니 혼
자 접속해 봐야 할 수 있는 게 없었다. 그렇기에 더 이상 권
유하진 않았다. 다만 한 가지를 다짐했다. 이번 퀘스트가 끝

나고 영지로 가기 전에 가족들과 함께 꼭 일루전 여행을 하리라고.

사실 일루전은 게임이긴 하지만 현실에서는 경험하기 어려운 아름다운 자연경관으로도 아주 유명했다. 일루전에 한번 빠지게 되면 헤어 나오기가 힘들겠지만 이제 돈 걱정은 크게 하지 않아도 되니 그런 생활도 나쁘진 않으리라.

가족 모두가 일루전에 빠지면 폐인 가족이 되는 건가.

피식, 웃는 모습에 어머니가 고개를 갸웃거렸다.

"왜 그렇게 웃어?"

"그냥."

"실없기는. 밥이나 먹자."

"응."

어머니와 무혁. 둘이서 점심을 먹었다. 조촐했지만 좋았다.

"으으, 배불러."

"더 먹지 않고."

"벌써 두 그릇 먹었다고."

"그래, 그러면 엄마는 청소 좀 할 테니까 쉬고 있어."

"내가 설거지할게."

"됐어."

"괜찮아."

무혁은 고무장갑을 착용하고 설거지를 시작했다.

어머니는 흐뭇하게 그 모습을 바라보다가 거실로 향해 청소기를 돌리기 시작했다. 어머니가 거실과 방을 청소하는 동안 무혁은 설거지를 끝냈다.

"고마워, 아들."

"응! 엄마도 청소하고 쉬어."

"그래."

대답을 들은 무혁은 방으로 들어가 캡슐에 누웠다.

무혁이 접속하자 채팅방이 활발해졌다.

-후, 답답했네요.

-화면 나오자마자 로그아웃을 해버려서 지루하긴 했죠ㅋㅋ

-뭔가 숨기는 게 있는 것 같지만 뭐 이유가 있겠죠. 암튼 이제 재밌게 다시 시청하겠습니다. 다시는 화면이 까맣게 변하지 않길 바라면서 쿠폰 투척!

-저도 투척!

-ㅋㅋㅋㅋ 금수저들!

-전 흙수저…….

-전 하수구 수저입니다. 그래도 쿠폰 1개 보내드림.

시청자들이 떠드는 동안 무혁은 발시언의 집으로 향하는 골목길에 접어든 상태였다. 평소에는 한적하던 곳이었지만 지금은 꽤 많은 유저가 보였다.

"갑자기 웬 단체 퀘스트지?"

"그것도 같은 직접끼리 모여서."

"전부 조폭 네크지?"

"그런 거 같던데? 레벨도 높은 거 같고, 다들."

"허, 무슨 퀘스트일지 궁금하다."

"어서 가 보자고."

무혁은 앞서 가는 두 명의 사내를 따라갔다. 발시언의 집과 가까워질수록 유저가 늘었지만 애초에 생각하던 정도는 아니었다.

적은데?

유심히 유저들을 관찰했다.

아이템이 꽤 좋아.

앞선 유저들의 말처럼 확실히 레벨이 다들 높은 것 같았다. 아무래도 레벨에 제한을 둔 모양이었다. 그렇게 유저들을 관찰하면서 스승이 나오기를 기다렸다.

웅성웅성.

5분 정도가 흐르자 시끄러워졌다.

"왜 이렇게 안 나와?"

"부를까?"

"노크라도 해보든가."

"아서라. 아까 누가 그러다가 욕만 먹었으니까."

"하, 그냥 갈까."

"그래도 단체 퀘스트잖아."

"쩝, 보상은 좋겠지."

"기다려 보자고."

마침 문이 벌컥 하고 열렸다.

떠들던 이가 모두 입을 다물었다.

"왔느냐, 제자들아."

"……."

대답은 없었다. 발시언이 미간을 찌푸리며 악을 질렀다.

"왔냐고, 이것들아!"

"아, 네."

"예에!"

그제야 대답이 들려왔다.

"크흠, 그래. 내가 이렇게 부른 건 다름이 아니라 너희들을 보다 더 성장시키기 위해서다. 뭐, 이곳에 있다는 것 자체가 이미 꽤 강하다는 증거겠지만 그래도 내가 내리는 시험을 통과한다면 지금보다 더 강해질 것이다. 너희는 그것을 위해 나의 시험을 받아들일 준비가 되었느냐?"

그 순간 퀘스트가 떠올랐으리라.

"연계 퀘스트다……!"

"크, 좋구만."

대부분이 예스를 누른 것 같았다.

"준비가 되었느냐?"

"예!"

"되었습니다!"

"좋다, 그럼 시험을 알려주마."

발시언의 이야기가 이어지고.

"……그러니, 던전을 완벽하게 깨뜨리도록 해라."

또다시 소란스러워졌다.

"미친⋯⋯!"

"던전 클리어 퀘스트라니!"

"와, 이건 무조건 해야지."

"만세! 만세!"

발시언이 손을 올렸다.

"조용!"

발시언이 무혁을 가리켰다.

"올라와라."

"저요?"

"그래!"

무혁은 발시언의 옆으로 향한 후 투구를 벗었다.

"나의 수제자다."

"무혁 님이네."

"역시⋯⋯."

"예스! 버스 타겠다."

유저들의 반응에 발시언이 눈을 빛냈다. 고개를 돌리더니 무혁을 바라보며 음흉한 미소를 지었다.

"생각보다 유명하구나."

"하하⋯⋯."

"크흠, 아무튼 수제자의 말을 어길 경우 시험에서 제외될 수 있으니 새겨듣도록 해라!"

"예!"

다시 무혁을 보며 낮게 속삭였다.

"너에겐 권한을 주마."

"감사합니다."

새로운 보조 퀘스트가 열렸다.

[보조 퀘스트 '조폭 네크로맨서 수제자의 권한'을 수락합니다.]

퀘스트 '강해지기 위해서'를 수행하는 과정에서 강력한 권위를 얻게 된 것이다. 말을 듣지 않는 유저를 퀘스트에서 강제로 쫓아낼 수 있는 힘이었다.

뭐, 쓸 일은 없겠지만.

그렇게 생각하며 무심결에 유저들을 훑어보던 무혁의 시선이 한곳에서 멈췄다.

대단, 백본, 서량. 셋은 현실에서도 절친한 사이였다. 그래서 직업도 물량 공세가 가능한 네크로맨서를 선택했고 기회가 닿아 조폭 네크로 전직할 수 있었다.

꽤 많은 시간을 일루전에 투자한 덕분에 레벨도 130이 넘어섰다. 어디를 가도 크게 꿀리지 않는 수준이었다.

그래서 단체 퀘스트가 나오는 순간 곧바로 수락했다. 꽤 많이 들었던 정보 중 하나가 단체 퀘스트였기 때문이다.

"보상이 장난이 아니라더라."

"무조건 깨야 돼."

그래서 왔고 자신들을 이끌게 될 무혁을 보게 되었다.

"뭐, 저 유저라면."

"괜찮지."

그러다 발시언의 옆에 위치한 무혁과 눈이 마주쳤는데 뭔가가 이상했다. 마치 자신들을 알고 있는 표정이었다.

"야, 저기."

"어, 나도 보고 있어."

"우리를 아나?"

"그러게. 근데 좀 이상한데?"

"뭐가?"

"눈빛이나 표정이 조금……."

"으음, 확실히 그러네."

"뭐지, 찝찝하게."

얼마 지나지 않아 다시 무심한 표정으로 돌아온 무혁이 시선을 다른 곳으로 옮겼기에 별일 아니라 여기며 서로 농담을 주고받았다.

"크큭, 끝내고 술집이나 가자."

"좋지, 어디?"

"내가 좋은 곳 찾아뒀지."

"콜!"

그 순간 다시 무혁의 시선이 그들에게로 향했다. 찰나였지만 눈빛은 꽤나 날카로웠다.

한편. 무혁은 그들을 보자마자 누구인지 알아차렸다.

조폭 네크로맨서가 알려지면서 무수한 유저가 몰려왔던 날. 오직 무혁만이 줄을 서지 않고 발시언의 집으로 들어갈 수 있었다. 그때 무혁을 보며 삿대질을 하고 욕을 퍼붓던 그 3인방이었다.

아니, 욕까진 아니었나. 사실 욕을 했어도 상관은 없었다.

예전 일을 가지고 골려주거나 할 생각은 없었으니까.

그냥 기억이 났을 뿐.

그런데 하필이면 그 순간 그들이 고개를 갸웃거렸다. 왜 자신들을 쳐다보는지 조금도 모르겠다는 표정이었다.

순간 조금 울컥하는 감정이 들었다.

그래, 당한 놈만 기억하는 거지.

한숨을 쉬며 시선을 다른 곳으로 옮겼다.

그런데 자꾸만 그들 3인방이 생각났다. 생각을 하면 할수록 울컥하는 감정도 강해졌다. 다시 한번 고개를 돌려 그들을 슬쩍 쳐다봤다. 여전히 순진무구한 표정이었다.

아니, 이제는 자기들끼리 웃고 떠들고 있었다. 그냥 넘어가려고 했는데 저 모습을 보니 마음이 바뀌었다. 장난기가 무럭무럭 샘솟는다고 해야 할까. 괜히 심술이 돋았다.

조금만 골려주마.

그렇게 마음을 먹으니 절로 미소가 그려졌다.

재밌겠는데?

이번 퀘스트는 평소보다 훨씬 즐겁겠다는 생각이 들었다.

"모두 따라오도록!"

그때 발시언이 크게 외쳤다. 그러곤 앞장서서 걸어갔다.

무혁은 서둘러 그의 옆으로 따라붙었다.

"같이 가는 거예요?"

"그래."

"왜요?"

"길 아냐?"

"아, 모르죠."

"그럼 잔말 말고 따라와."

"네, 군마라도……."

"멍청한 녀석."

발시언이 손을 휘저었다. 무혁의 군마와는 비교도 되지 않을 정도로 거대하고 늠름한 녀석이 모습을 드러냈다.

"내가 네 스승이야."

깜빡 잊고 있었다. 발시언이야말로 현시점 최강의 네크로맨서임을 말이다.

무혁도 군마를 소환했다.

"쩝."

발시언의 군마와 나란하게 서니까 더 초라해 보였다.

나도 언젠가는……!

그런 생각을 하고 있는데 뒤에서 푸르렁거리는 소리가 연이어 들려왔다. 고개를 뒤로 돌려보니 유저들이 하나같이 군마를 소환한 상태였다.

"오호."

그 모습이 꽤 장관이었다.

"저걸 보고 감탄이 나오냐?"

"멋지잖아요."

"아끼 이선펴."

"그런가요?"

"그럼, 훨씬 더 강해져야지. 이번 던전을 클리어하기만 한다면 아주 단단……."

"그렇군요. 네, 아하."

발시언의 말에 대충 대답하며 혼자만의 상상에 빠졌다.

만약 이들이 전부 스켈레톤을 소환하면 어떻게 될까?

일단 그 숫자부터 상상이 되지 않았다.

적어도 왕국 하나 정도는 쓸어버릴 수 있지 않을까?

물론 강한 마법사 NPC가 등장해서 도달하기도 전에 광범위 마법을 쏟아부으면 녹아버릴 테지만 만약 왕국 내로 진입하기만 한다면?

그럼 적어도 건물은 모두 무너뜨릴 수 있으리라.

아니, 왕국은 너무 심한가.

어차피 그럴 일도 없었기에 상상이 조금 축소되었다.

영지전, 길드전이라면?

에피소드 2의 가장 큰 부분을 차지하는 길드전과 영지전으로 이어졌다. 자연스럽게 길드를 만들어야겠다는 생각과 랭커에 진입한 조폭 네크로맨서, 혹은 소환 계열 유저를 영입하고 싶다는 욕심이 생겼다.

큰 도움이 될 거야. 마법사나 기사, 궁수, 사제는 NPC로 대체해도 충분하니까.

"잘 쫓아와라, 제자들아!"

"음?"

정신을 차리니 어느새 성문을 벗어난 상태였다.

"어어……!"

유저들이 무섭게 질주했다.

무혁도 뒤늦게 속도를 높여 발시언을 쫓아갔다.

레벨이 높은 탓인지 무혁의 군마는 확실히 다른 유저들의 군마보다 월등하게 빨랐다.

"호오, 빠르구나?"

"뭐, 조금 빠르죠."

"크큭, 이건 어떠냐!"

발시언이 속도를 높였다.

"아, 스승님……."

"왜?"

"다른 사람들이 못 쫓아오잖아요."

"에잉, 느려 터져서는."

그제야 흥분을 가라앉히고 속도를 줄이는 발시언이었다.

같은 시각. 처음부터 1위였으며 지금까지도 여전히 1위를 유지하고 있는 한 명의 유저, 다크. 그는 드디어 오늘 대장장이 유저인 지량이 작업하는 곳에 도착했다.

"오셨군요."

"네."

강화 시스템이 오픈하자마자 예약을 했음에도 불구하고 시간이 꽤 늦어진 탓이다.

하지만 이제 강화를 받고 나면 한층 더 강력해진 대미지를 토대로 빠른 사냥이 가능해지리라.

사실 성기사다 보니 보조 스킬이 많아 대미지가 약한 게 마음에 걸렸는데 오늘로서 그 부분이 사라질 것이라고 생각하니 절로 미소가 그려졌다.

"재료비, 강화비, 얼마가 들어도 상관없으니 할 수 있는 최대한도로 부탁드리죠."

지량이 부드럽게 웃었다.

"걱정하지 마세요. 사실 예약을 너무 빨리 잡은 분들은 제가 미숙해서 강화 실패가 많이 발생하기도 했으니까요. 지금은 레벨이 1개가 올라서 확실히 더 안정적일 겁니다."

"좋군요."

"그럼 바로 시작하죠. 뭐부터 강화를 해드릴까요?"

다크가 아이템들을 건넸다.

검, 방패, 갑옷, 하의, 신발, 투구까지.

"악세서리는 안 된다고 했죠, 아직?"

"네, 아직은요."

"그럼 일단 저기 여섯 가지만 부탁드리죠."

"알겠습니다."

지량은 검의 성능부터 확인했다.

[광란의 장검]

물리 공격력 180

마법 공격력 200

모든 스탯 +2

추가 공격력 +17

반응속도 +2%

공격 속도 +2%

이동속도 +2%

관통 증가

특수 옵션 : 광란

내구도 : 400/400

사용 제한 : 힘 100, 지혜 60, 지식 60.

[광란]

남은 HP를 소모하여 모든 능력치를 일시적으로 대폭 상승시킨다. HP의 소모량이 높을수록 능력치의 상승폭도 커진다. 48시간에 한 번 사용할 수 있으며 유지 시간은 30분이다. 30분이 지나고 나면 5초간 아무것도 할 수 없다.

순간 지량의 동공이 흔들렸다.

역시 1위인가?

이 정도 옵션은 지량으로서도 처음 보는 수준의 것이었기 때문이다.

"좋은 검이군요."

지량의 말에 다크가 고개를 끄덕였다.

"그럼 바로 시작하겠습니다."

말을 내뱉으며 작업대 옆에 세워져 있던 망치의 손잡이를 쥐었다. 그러자 보이는 것이 달라졌다.

[광란의 장검을 선택합니다.]
[강화를 시작합니다.]

광란의 장검이 하얗게 물들면서 검신의 곳곳에 붉은 점들이 생겨났다. 그 점을 바라보며 망치를 머리 위로 들어 올린 후 있는 힘껏 내려찍었다.

까아앙!

강화도가 높아졌다.

까앙!

망치를 휘둘러서 붉은 점을 맞혀야 한다. 실수로 새하얀 부분을 맞히면 강화도가 낮아지고 또한 강화 실패 확률이 증가하게 된다. 물론 지금은 첫 번째 강화이기에 붉은 점들은 꽤 컸다. 붉은 점의 수도 적었기에 이 정도는 쉽게 맞힐 수 있었다.

[강화도 : 56%]

시간은 오래 걸리지 않았다.

[강화도 : 99%]
[강화도가 100퍼센트 달합니다.]
[단 한 번의 실수도 없는 완벽한 작업을 거쳤습니다.]
[강화 성공 확률 : 99.9%]

그 순간 검에서 폭발적인 빛이 뿜어졌다. 이내 흡수되듯 사라졌고 지량은 약간 긴장한 표정으로 무기의 상태를 확인했다. 성공 확률이 아주 높았지만 정말로 재수가 없으면 0.1퍼센트에 걸려 버리는 경우도 발생하니까 말이다.

[광란의 장검+1]
물리 공격력 180+18
마법 공격력 200+20
……

다행히 강화가 성공했다.
"1강 성공했습니다."
"오오……!"

"일단 보시죠."

다크는 서둘러 상태를 확인했고 대미지가 10퍼센트 증가한 것을 보며 속으로 크게 환호를 내질렀다.

"어서, 어서 더 해주시죠."

"알겠습니다."

지량은 다시 작업을 이어갔다. 다행히 2강도 성공했다. 물리 공격력 180에 추가로 38이 더 붙었고 마법 공격력은 200에 추가로 44가 더 붙었다.

"이거 복리로 증가하는군요?"

"네, 4강까지는요."

"그 말은……?"

"5강부터는 더 크게 증가하더군요."

다크의 눈이 빛났다.

5강 정도만 해도……!

문득 다른 유저들은 몇 강까지 시도했는지 궁금해졌다.

"보통 몇 강까지 하는 편이죠?"

"대부분이 4강 정도에서 멈췄습니다."

"4강이라……?"

"그 이후로 위험부담이 있거든요. 4강까지는 실패해도 강화 수치가 유지되지만 5부터는 실패하면 강화 수치가 1단계씩 떨어집니다. 확률로 많이 낮아지고요."

"으음, 그런 문제가 있군요."

"그래도 5강을 성공하거나 그 이상까지 올라갈 경우에는 공격력의 상승폭이 커서 시도하는 분이 많았죠. 어떤 분은 끝내 6강을 성공시켜서 가더군요."

"허어."

1강에 소모되는 재료비도 장난이 아니었다. 현금으로 따지면 대략 10만 원 정도인데 이건 실패해도 반드시 지불해야 하는 금액이었다. 강화에 성공하면 추가로 돈을 더 지급해야 하기에 아이템 1개를 6강까지 가려면 상당한 금액이 소모될 것이 분명했다.

고민이군.

일단은 안전한 4강까지는 무조건 갈 생각이었다.

"일단 전부 4강까지 가죠."

"알겠습니다."

지량이 다시 작업을 이어갔고 다크는 조용히 기다렸다.

약 30분의 시간이 흐른 후.

"전부 4강까지는 완성했군요."

"흐음."

"더 하시겠습니까?"

"일단 보죠."

다크는 아이템의 성능을 하나씩 확인했다.

"흡……!"

예상은 했지만 실제로 보니 이 기쁨을 말로 설명할 수가 없었다.

하지만 기쁨은 잠시였고 순식간에 욕심이라는 단어가 얼굴을 치켜들었다. 악마의 속삭임이 귓가를 간질인다.

더 해봐. 성공하면 되잖아? 넌 할 수 있어.

그리고 다크는 턱 아래까지 쫓아온 극소수의 유저 몇 명을 떠올리며 어금니를 깨물었다.

"일단 부기만 너 시도해 보죠."

"알겠습니다."

곧바로 작업에 들어간 지량은 집중하여 망치를 휘둘렀고.

까앙! 깡!

작업이 끝난 후 한숨과 함께 고개를 저었다.

"실패했네요."

"그럼……."

"3강으로 떨어졌군요."

다크의 표정이 일그러졌다.

"4강 시도할까요?"

"당연히 해야죠."

"그럼 4강부터 만들도록 하겠습니다."

운이 나쁘게도 또다시 실패.

다시 도전하고서야 4강에 성공할 수 있었다.

"5강, 갈까요?"

"기왕 이렇게 된 거 가야죠."

"알겠습니다."

지량의 작업이 이어지고.

실패, 성공, 실패, 성공.

끝없는 반복이 정신을 무너뜨렸다.

그 순간.

화아악!

지금까지의 그 어떤 것보다 강력한 빛이 무기를 휘감았다.

"후, 성공했네요."

"드디어……!"

다크가 황급히 검의 옵션을 확인했다.

[광란의 장검+5]

물리 공격력 180+122

마법 공격력 200+141

……

물리 공격력만 122가 올랐고 마법 공격력은 141이 상승했다. 70퍼센트에 가까운 수치가 추가된 것이다.

5강이 이 정도 수준인데 7강이 되면 어떨까?

자연스럽게 상상의 나래가 펼쳐졌다. 몬스터 사냥 속도가 2배 이상 빨라진 스스로의 모습이 그려졌다.

한 번만 더 해?

지금까지 실패를 많이 했으니 이번에는 성공할 수도 있지 않은가.

욕심이 자꾸만 눈을 멀게 했다.

한참을 고민하던 그가 결정을 내렸다.

무혁이 여전히 던전으로 향하는 그때, 일부 방청자가 지루함을 토로했다.

-아, 서서히 지겹네요. 빨리 도착했으면 싶은데…….

-잠깐 다른 방 구경하고 오시죠.

-다른 방이요?

-네, 요즘 강화방이 유행이더라고요.

-아, 강화……!

-ㅋㅋㅋ, 지금 최상위 랭커가 강화하는 중인데 성공할지 실패할지 지켜보는 재미가 쏠쏠하더라고요. 성공했을 때의 그 짜릿함, 실패했을 때 보여주는 아이템 주인의 절망감? 뭐 이런 거 보면 웃김ㅋㅋㅋㅋㅋㅋ

-오, 재밌겠네요.

-온라인이나 모바일게임의 향수를 느낄 수 있는 건가요?

-느낄 수 있음!

-굿, 그럼 구경 좀 하고 오겠습니다!

-ㅂㅂ2.

꽤 많은 유저가 방을 옮겼다.

상당한 시간이 흐르고.

-ㅋㅋㅋㅋㅋㅋㅋ저, 다시 왔어요.

-오셨네요.

-네, 강화 실패 꿀잼ㅋㅋㅋㅋㅋㅋㅋㅋㅋㅋ

-실패 확률이 높은가 보네요.

-말도 안 되게 높아요.ㄷㄷ

-오오…….

-랭커들 처음엔 기대하고 강화 받으러 갔다가 하나같이 폐인 되서 나옴ㅋㅋㅋ

-아, 갑자기 저도 보고 싶네요.

-보고 오시죠.

-ㅠㅠ안 됨.

-왜요?

-목적지에 도착한 듯해서요.

-아…….

발시언이 더 이상 앞으로 나아가지 않았다.

평범한 바닥. 그가 발을 강하게 구르자 구멍이 뚫리면서 아래로 내려가는 계단이 나타났다. 발시언이 등을 돌렸다.

"여기가 바로 그 던전이다. 너희들은 이곳을 완벽하게 클리어해야만 할 것이야."

"예!"

"꼭 클리어하겠습니다!"

던전을 경험할 기회는 흔치 않았기에 다들 흥분한 기색이

역력했다. 발시언은 흡족한 듯 웃으며 무혁을 쳐다봤다.

"잘 이끌어라."

"가시게요?"

"그럼 가야지, 이 늙은 몸뚱이로 저기까지 내려가랴?"

발시언이 휑하니 사라졌다.

"크흠."

무혁은 헛기침을 한 후 유저들에게 말했다.

"일단 들어가도록 하죠."

계단을 통해 아래로 내려가니 넓은 홀이 나타났다. 그곳에서 기다리며 내려오는 유저에게 몇 가지를 물었다.

"참, 그런데 레벨이 어떻게 되시죠?"

"아, 전 137입니다."

"그쪽은요?"

"142예요."

"전 131이요."

대략 20명에게 물었는데 전부 130레벨이 넘었다.

최소 130인가.

퀘스트를 통한 던전이니 레벨 제한도 기존의 던전과는 다를 것이다. 아마도 130레벨 이상의 유저만 들어갈 수 있는 모양이었다.

"다 내려왔죠?"

"그런 거 같네요."

무혁은 현황판을 확인했다.

[조폭 네크로맨서 현황]

[총 인원 : 317명]

[사망자 : 0명]

[생존자 : 317명]

과연 어떤 던전일까. 전부 수용은 되나?

안 되는데 퀘스트가 나왔을 리는 없으리라.

가 보지, 뭐.

무혁이 앞장섰다.

"출발합니다."

홀을 지나 복도를 한참 동안 걸어가니 웬만한 3층 저택보다 거대한 문이 나타났다.

"저긴가?"

"큰데?"

"후, 던전이 처음이라 긴장되네."

"긴장은 무슨. 재밌겠구만."

유저들의 수군거림을 한 귀로 흘리며 철문과의 거리를 좁혀 나갔다.

지척에 도달했을 즈음.

[최초로 타임어택 던전을 발견하셨습니다.]

[명성(5,000)을 획득합니다.]

[칭호 '변화를 목격한 자'로 인해서 명성(500)을 추가로 획득합니다.]

[48시간 동안 던전 내에서 얻게 되는 경험치와 아이템 보상이 100퍼센트 증가합니다.]

[던전을 공유하시겠습니까?]

[Yes/No]

떠오른 홀로그램을 읽어가던 무혁이 미간을 찌푸렸다.

타임어택 던전이었어?

무혁도 거의 알지 못하는 종류의 던전이었다. 전생을 살아가면서도 동영상으로 한 번밖에 보지 못했다. 그 한 번의 영상이 크게 도움이 되는 것도 아니었다. 영상으로 본 곳은 이곳이 아니었기 때문이다. 한마디로 말해서 이 던전에 대한 정보가 없었다.

머리가 복잡한데.

최대한의 이익을 생각하다 보니 더욱 그랬다.

이내 고개를 털었다.

단순하게 생각하자고. 공유하느냐, 마느냐.

결국 두 가지 중에 하나였으니까.

공유를 하면? 공유한 것에 대한 적당한 보상을 받겠지만 대신 NPC에게 소식이 전해질 것이다. 그 소식이 몇 가지 방식으로 변환되어 유저들에게 전해지리라. 퀘스트라든가, 혹은 용병 의뢰라든가. 그러면 당장 오늘이라도 유저들이 이곳으로 올지도 모를 일이었다.

그건 최악이지.

공유하지 않으면? 클리어 이후 위치를 판매할 수 있다. 꽤 큰 금액이 나올 것이다. 문제는 다른 유저들이었다. 지금이야 무혁이 리더이고 또 던전 퀘스트를 깨뜨려야 하니까 순순히 따를 것이다. 반항하는 낌새도 보이지 않을 것이고.

하지만 퀘스트를 끝내고 나면 무혁처럼 던전의 위치를 판매하려는 사람이 꽤 생길 것이다. 당장 거대한 돈이 손바닥 위에 있으면 누구라도 욕심을 부리게 마련이다.

어쩔 수 없지.

두 가지를 곰곰이 생각하던 무혁이 손을 뻗었다.

No. 일단 공유하지 않기로 했다.

"던전은 공유하지 않았습니다. 공유해 봐야 다른 유저들만 올 것 같아서요."

"아, 그러시군요."

"공유 안 하는 게 맞죠."

"잘하셨네요."

무혁은 그들의 호응을 무시한 채 말을 이어갔다.

"먼저 퀘스트를 깨는 것에만 집중하죠."

나머지는 그때가 되어 고민해도 늦지 않으리라. 정 상황이 받쳐 주지 않는다면 최악의 방법을 택하면 되기에 걱정을 떨쳐 버렸다. 클리어가 우선이니까.

"그럼, 들어갑니다."

"아, 네!"

조금 더 앞으로 향해 철문으로 손을 뻗었다.

화아악.

빛이 유저들을 들이 삼켰다.

[타임어택 던전에 들어왔습니다.]

[제한시간 : 50분]

[남은 시간 : 49분 59초]

[던전을 클리어하십시오.]

시간이 흐르기 시작했다.

"조금 서두르죠."

무혁을 제외한 나머지는 타임어택 던전에 대해 모르고 있다. 이번 도전이 실패할 경우 그걸로 끝이라고 생각하는 유저가 대부분일 것이다. 그렇기에 저들의 장단에 조금 맞춰줄 필요가 있었다.

"한 번 실패하면 끝날지도 모르니까 집중해 주세요!"

"아, 네!"

"속전속결로 갑니다."

아직은 몬스터가 나타나진 않았다.

조금 더 나아갔을 즈음. 끝을 파악할 수 없을 정도로 드넓은 홀이 나타났다. 앞으로 향했지만 문이 보이지 않았다. 유저들이 사방으로 퍼져서 살폈지만 분명히 없었다.

"막혔네요."

"흐음."

"갇힌 것 같은데요?"

그 순간 홀의 벽면에서 뿜어진 빛과 함께 다수의 몬스터가 튀어나왔다. 조금 놀라기는 했지만 충분히 경계하고 있었기에 큰 문제는 없었다.

"소환!"

스켈레톤들이 소환되었다.

키릭, 키리릭?

300명이 넘는 유저가 전부 소환을 해버린 탓에 드넓었던 홀이 빼곡하게 차버렸다. 달려들던 몬스터 역시 스켈레톤 사이에 끼어버렸다.

키아아아악!

몬스터들이 괴성을 지르며 스켈레톤을 부서뜨렸지만 수가 많아도 너무 많았다. 한 명의 유저가 30마리씩만 소환해도 그게 도대체 몇 마리인가. 감히 헤아릴 수 없을 정도였기에 무혁조차 입을 벌릴 수밖에 없었다.

"죽어 버려!"

"크하하!"

유저들도 그 광경에 흥분한 모양이었다.

"쓸어버리자고!"

마치 신이라도 된 기분이리라.

"그래. 죽어라, 죽어!"

"오오오!"

무혁은 스켈레톤과 어둠을 소환한 후 가만히 지켜만 봤다.

패턴부터 파악해야지.

최대의 효율을 위해 첫 도전은 던전의 성격을 파악하는 것에 집중하기로 했다.

뭐, 사실 나한텐 쉽겠지만.

리바이브 스킬을 사용한다면 한 번에 깨뜨릴지도 몰랐다.

하지만 그렇게 되면 처음으로 발견한 타임어택 던전을 너무 허무하게 잃어버리게 될 것이다. 완벽하게 클리어하게 되면 더 이상 도전할 수 없게 될지도 모르기 때문이었다.

일단은 리바이브 없이 깨보자고.

그리고 어떤 보상을 받을 수 있는지 파악한 뒤에. 다시 계획을 세울 요량이었다.

제2장
타임 어택

　잠깐의 적막감이 흘렀다. 방청자만 5만 명. 5초 이상 글이 올라오지 않은 적이 손에 꼽을 정도였건만 지금은 무려 10초가 넘도록 침묵이 지속되고 있었다.

　-왜 이렇게 조용해요? 아니, 그보다 저기 스켈레톤은 뭐임? 무슨 숫자가⋯⋯.

　그러다 새로운 방청자가 들어오면서 그 기록이 깨졌다.

　-아, 기록 멈췄네.
　-기록?
　-ㅇㅇ, 몇 초나 조용한지 재고 있었음.
　-ㅋㅋㅋㅋㅋㅋ몇 초임?

-12초요.

-신기록임?

-ㅇㅇ, 신기록이긴 한데 갑자기 깨져서 아쉽.

-아니, 근데 진짜 저건 좀ㅋㅋㅋ

-스켈레톤이 개미 떼처럼 많네요.

-엄청 장관이긴 한데……

-뭔가, 사기적인 스멜이 물씬 풍긴달까요.

-일단 보는 재미는 확실히 있네요ㅋㄷ

-보는 재미?

-ㅇㅇ.

-이것도 꽤 보는 재미가 있을 거임.

그러면서 누군가가 스샷을 올렸다.

-홈페이지에 있는 건데 어떰? 보는 재미 쏠쏠?

-헙, ㅅㅂ. 미친ㅋㅋㅋ

-와, 6강이네요.

-엄청나죠?ㅋㅋ

-대박이다, 누구 아이템이에요?

-다크 님요ㅋㅋ

-랭킹 1위 다크요?

-네ㅎㅎ

-워, 납득이 간다, 납득이.

-그래도 아이템이 무슨…….

-6강 하니까 대미지가 진짜 어마무시하네요.

-저러니 강화, 강화, 노래를 부르는 거죠.

-요즘 다들 진짜 강화하고 싶어서 미치려고 하던데요ㅎㅎ

-저거 보니까 이해가 가네요.

6강화 무기는 정말 엄청났다.

[광란의 장검+6]

물리 공격력 180+153

마법 공격력 200+175

……

물공만 330이 넘었으니까.

-진짜 부럽네요.

-랭킹 1위 쭈욱 유지할 듯.

-크으, 죽이네요.

하지만 정작 당사자인 다크는 지금 실의에 빠진 상태였다.

"빌어먹을……!"

위로를 받고자 스샷을 올리기는 했는데 대단하다는 댓글이
달릴 때마다 오히려 한쪽 가슴이 쿡쿡 쑤셔왔다. 무기를 강화

시키기 위해서 낭비한 돈이 예산을 훨씬 웃돌았기 때문이었다. 마치 도박에 빠졌던 것처럼, 지나고 나니 후회만이 남았다.

그냥 5강에서 멈췄어야 했어.

나중에 지량의 강화 스킬 레벨이 더 높아졌을 때, 보다 확률이 높아졌을 때, 그때 시도해도 늦지 않았으리라.

젠장……!

솔직히 멘탈이 조금 나가 버렸다.

한참을 멍하니 있던 다크가 고개를 들었다.

사냥이라도 하자.

계속 아까워해 봐야 가슴만 아팠다. 몬스터를 도륙하면서 강해진 걸 확인한다면 마음이 조금은 풀릴 것이다. 결심을 내린 다크가 곧바로 150레벨의 몬스터가 즐비한 사냥터로 이동했다. 본래라면 한 마리를 사냥하는 데만 5분은 족히 걸렸겠지만 지금은 아니었다.

키아아악!

몇 번의 칼질과 몇 번의 스킬에 놈이 죽어버렸다. 꽤 어렵다고 느꼈던 몬스터가 참으로 쉽게 느껴지는 순간이었다.

"하, 하하……."

온몸으로 희열이 솟았다.

이거구나.

동시에 욕심이 솟구쳤다.

7강, 8강은……?

순간 정신이 번뜩하고 들었다.

다급히 고개를 저었다.

미친놈. 정신 차려라.

아직은 시도할 때가 아니었다. 강화에 대한 욕심을 억누르자 대신 다른 욕망이 치솟았다.

그래, 더 강한 곳으로.

평소라면 생각하지도 않을 몇 군데의 사냥터가 절로 머릿속에 그려졌다. 어둠의 폭포. 160레벨 몬스터가 등장하는 곳. 본래는 붉은색의 피부를 지닌 야차 몬스터였지만 우연하게 발견한 좁은 지역, 그곳에서만큼은 검은색의 피부를 지닌 야차가 존재한다. 알고 지내는 귀족에게 그 사실을 말하니 상당히 깊은 흥미를 가지며 퀘스트를 내어줬다.

보상은 물음표였다. 그게 더 호기심을 자아냈었다.

하지만 결과는 실패. 상대하기가 버거워서 물러났었지만 지금은 이길 수 있을 것 같았다.

아니, 반드시 이겨야만 했다. 그래야만 강화를 시도한 의미가 있는 것이니까.

가자.

그곳을 목적지로 하여 걸음을 옮겼다.

───※───

스켈레톤으로 이뤄진 벽을 뚫고 들어오는 몬스터는 소수였다. 뚫었다고 하더라도 얼마가지 못해서 다른 스켈레톤에게 포위되고는 했다. 큰 위협이 없는 시간이었지만 스켈레톤의 숫자가 줄어들고 있는 것은 분명한 사실이었다. 워낙에 많아서 눈에 잘 들어오지 않을 뿐.

퍼석.

또다시 스켈레톤이 부서졌다.

다시, 또다시. 얼마나 부서졌을까.

서서히 분위기가 변한다.

몇 분이나 지났지?

왜 아직도 계속 몬스터가 나오는 것인가.

"으음."

"위험한 거 아냐?"

"위험은 무슨."

"아직 스켈레톤 많잖아."

"그, 그런가?"

2분이 더 지났을 즈음.

"미친, 언제까지 나오는 거야!"

"하, 이젠 좀 위험한데."

"젠장……!"

혼란이 번져 간다. 아직도 여유를 부리는 이들은 있었다.

"데스나이트, 옆으로 빠져!"

"크큭, 데스나이트? 완전 작고 말랐는데 이름만 멋있네."

"지랄. 넌?"

"내가 뭐."

"스켈레톤 이름이 갈비뼈가 뭐냐, 쯧."

아니, 어쩌면 여유로움을 가장한 것일지도 모르고.

아무튼 끝도 없이 나타나는 몬스터가 스켈레톤을 압박했다. 이제는 홀의 곳곳이 텅하니 비어버린 상태였다. 그 사이로 달려든 몬스터가 수시로 유저들을 노렸다.

"크읍!"

더 이상 지켜만 볼 순 없었는지 무혁이 개입했다.

아머아처, 뼈 화살. 어둠의 기운, 윈드 스텝, 풍폭.

몬스터가 빠르게 정리되기 시작했다. 정신을 차리고 보니 벽면의 빛이 사라진 상태였다.

"어……?"

"끝났다!"

무혁은 서둘러 남은 시간을 확인했다.

[남은 시간 : 39분 52초]

대략 10분 정도가 소모되었다.

다음 단계가 있나? 아니면…….

몇 가지를 생각하며 주변을 살피고 있는데 갑자기 사방의 벽면이 무너지더니 아래로 내려가는 계단이 나타났다.

"내려가는 길이 나왔네요."

"아……!"

"이게 1단계였던 모양입니다. 2단계로 가기 전에 한 가지 말할 게 있습니다."

유저들에게도 알려줘야 할 사항이었다.

"리바이브 스킬은 일단 사용하지 않을 생각이에요."

"네? 왜요?"

"패턴도 파악하고 또 몇 가지 확인할 게 있어서요."

"확인이라면……?"

"뭐, 여러 가지요. 말로 설명하기는 좀 어렵네요."

"으음."

참으로 애매한 상황이었다. 스킬을 아끼면 던전을 깨뜨리기가 어려워지고 또 죽을지도 모르는 위험한 상황이 오게 될 것이다. 그렇다고 사용하라고 강요할 수도 없는 문제였다.

무혁이 리더이기도 했고 또 본인이 사용하지 않겠다는데 뭐, 어쩌겠는가.

"몇 가지만 확인되면 사용할 겁니다. 그럼 올라갈까요?"

무혁이 앞장서서 계단으로 향했다.

유저들은 떨떠름한 표정으로 뒤를 따라갔다.

이내 넓은 홀에 도착했고, 또다시 사방에서 빛이 뿜어졌다. 저곳에서 몬스터가 나오리라 직감한 유저들이 중앙으로 뭉쳤고 서둘러 스켈레톤은 바깥에 배치했다. 문제는 나타난 놈들이 하필이면 공중 몬스터라는 사실이었다.

일루전TV를 통해서 동영상을 보고 있던 방청자들은 던전 2단계를 지켜보면서 과연 몇 분 만에 깨뜨릴지 서로의 의견을 주장하기 시작했다.

　-이제 스켈레톤 전사는 무용지물 된 거잖아요.

　-그렇죠. 기마병도 할 일 없음.

　-몸빵만 아ㄴ 있네요.

　-몸빵을 하고 있다라고 볼 수 있는 건 몇 마리뿐인 듯. 나머지는 그냥 녹고 있는데요?ㅋㅋㅋㅋ

　-그래도 아처랑 마법사가 있어서⋯⋯.

　-ㅇㅇ, 깨뜨릴 순 있는데 피해가 클 듯.

　-시간도 오래 걸림.

　-그래도 이 와중에 혼자 날아다니는 사람도 있네요.

　-ㅋㅋㅋㅋ무혁 님이니까요.

　-캬, 화살 날리는 거 보세요.

　-크, 점프해서 직접 싸우는 것도 멋짐.

　-무혁 님 주변에 있는 아처랑, 메이지들은 더 무서움.

　-진짜 무슨 스켈레톤이 저렇게 세⋯⋯.

　-리얼 사기다ㅠㅠ

　-그래서 몇 분 예상 하시죠?

　-1단계 10분 걸렸죠?

　-ㅇㅇ

　-그럼 2단계는 20분 예상합니다.

　-20분만 걸려도 1, 2단계 합해서 30분이 넘네요.

　-음, 너무 오래 걸림, 15분 예상.

-그럼 합쳐서 25분 ㅋㅋ

-3단계도 있겠죠?

-아마도요?

-3단계에서서 20분이나 25분 안으로 클리어해야 한다는 소리군요.

-ㅇㅇ

-4단계도 있을지 모름.

-설마요……ㄷㄷ

-조금 빡세겠네요.

그 순간 무혁의 메이지 스켈레톤이 다시 한번 마법을 사용했다.

-우와, 마법 작렬!

-역시……!

무혁과 무혁이 소환한 스켈레톤들의 활약 덕분에 드디어 2단계를 깨뜨렸다. 걸린 시간은 17분. 남은 시간은 22분 정도였다. 몇 명의 유저가 로그아웃을 당했지만 큰 피해는 아니었다. 24시간이 지나면 다시 접속할 것이고 그때 함께 도전하면 되리라. 물론, 그전에 발시언이 말했던 완벽한 클리어가 이뤄진다면 어쩔 수 없는 일이지만 말이다.

"이제 3단계로 가 보죠."

나타난 계단을 통해 아래로 내려갔다.

그 와중에 무혁의 시선이 누군가에게로 향했다.

세 사람. 대단, 백본, 서량이 그 주인공이었다.

아직 살아남았네?

실력이 어느 정도나 될지 이번에 지켜보기로 했다.

1, 2난세에서는 무혁도 상황을 파악하느라 유저에게 일일이 신경을 쓸 순 없었다. 지금은 유저의 수가 좀 줄어들었고 또 상황에 어느 정도 적응이 되었기에 가능할 것 같았다.

"또 홀이네요."

"그러게요."

"으음, 이번엔 어떤 몬스터가 나올지……."

그때 벽면이 빛났다.

키아아아악!

괴성과 함께 몬스터들이 등장했다.

"하아."

절로 한숨이 새어 나왔다.

지상과 공중. 몬스터가 동시에 나타난 까닭이었다.

결국 제한 시간을 모두 써버리면서 첫 번째 도전은 실패로 끝났다.

"쩝, 생각보다 어렵네요."

"와, 이거 뭐야……."

"이거 깨라고 만든 거 맞죠?"

"깰 수 있을지……."

"아니, 그보다 도대체 몇 단계까지 있는 걸까요?"

"제한 시간이 50분이니까 아마도 3단계가 끝이겠죠. 사실 조금만 적응했어도 3단계까지는 깨뜨렸을 테니까."

"그렇겠죠?"

"장담할 순 없고요. 4단계가 있을 수도 있으니."

"그럼 절대 못 깨요."

"엄청 어렵긴 하겠지만, 그 정도는 되니까 단체 퀘스트로 내준 거 아니겠어요?"

유저들이 의견을 주고받을 때. 무혁은 남은 인원을 확인했다.

[조폭 네크로맨서 현황]

[총인원 : 317명]

[사망자 : 62명]

[생존자 : 255명]

꽤 많은 이가 죽었다. 그렇다고 이들이 재접속할 때까지 기다릴 순 없었다. 계속 도전해야만 했다.

"집중해 주세요."

무혁의 말에 유저들이 고개를 돌렸다.

"다들 20분 정도만 쉬고 다시 도전하기로 하죠."

"다른 유저는요?"

"24시간 동안 기다릴 순 없으니까요."

"으음."

"이번 도전에 클리어한다는 보장은 없습니다. 계속 도전하면서 패턴을 좀 더 확실하게 파악을 해야죠."

다수의 유저가 고개를 끄덕였다.

"하긴, 하루를 기다릴 순 없죠."

"맞아요. 경험치도 꽤 짭짤하고."

"좋습니다. 쉬고 도전하죠."

"그럼 다들 동의한 걸로 알겠습니다."

무혁은 말을 마치고 자리에 앉았다. 그리고 1회용 제작 도구를 꺼내어 무구를 만들었다.

캉, 카앙!

20분 동안 몇 개의 무구를 제작했지만 제작 스킬 경험치는 쥐꼬리만큼 상승했다. 하지만 이것도 쌓이다 보면 1퍼센트, 10퍼센트, 그리고 100퍼센트에 도달하게 될 것이다.

제작한 무구를 인벤토리에 넣은 후 몸을 일으켰다.

"다시 도전하기 전에 몇 가지 말씀을 드리겠습니다. 1단계, 2단계, 3단계에는 누구나 파악했으리라 판단되는 공통점이 있습니다."

"공통점?"

"네, 첫째로 홀의 벽면에서 빛이 뿜어진다는 것."

"아……!"

누군가가 무혁의 말을 이어갔다.

"두 번째는 거기서 몬스터가 나타나는 거겠네요."

"맞습니다. 해서 저희는 모든 준비를 마친 후에 자리를 잡을 겁니다. 이후 빛이 뿜어지는 순간 각자가 맡은 방향으로 스킬을 난사하면 되겠습니다. 처음에는 우왕좌왕하면서 시간을 허비한 부분이 많으니 이번에는 최대한 시간 단축에 목표를 두도록 하죠. 그리고 1단계가 마무리되어 간다 싶으면 스킬은 아껴 두시길 바랍니다. 2단계 공중 몬스터에게 사용해야 하니까요."

유저들이 고개를 끄덕였다.

"좋네요. 그럼 방향부터 나눌까요?"

"그래야죠."

무혁이 대충 선을 나눴다.

"이쪽은 1시 방향. 이쪽은 2시 방향……."

12시 방향까지 세세하게 쪼개었다.

"그럼 진입하겠습니다."

무혁이 철문 앞으로 향했고 전과 마찬가지의 방법으로 거대한 홀에 도착했다.

[타임 어택 던전에 들어왔습니다.]

스켈레톤과 어둠의 정령을 소환했다.

이름 : 어둠

레벨 : 39

정신 공격력 : 240

순수한 어둠, 그 깊은 곳에서 탄생한 정령으로 정신적인 타격을 준다. 정신이 타격을 입으면 육체 역시 고통 받는 법, 어둠 정령의 모든 공격은 방어력에 상관없이 적용된다.

스킬 : 공포 자극.

앞선 던전 도전으로 레벨이 꽤 올랐다.

100까진 금방 찍겠네.

1레벨마다 5의 공격력이 증가하는 것 같으니 100레벨이면 545의 방어 무시 대미지를 지니게 된다. 레벨이 높아질수록 상당히 유용한 딜러의 역할을 하게 될 것 같았다.

상태창을 끈 후 주변을 훑었다.

"곧 나올 겁니다. 준비하세요."

"예."

남은 유저들이 중앙에 뭉친 채 각자가 맡은 방향을 바라본다. 곧이어 빛이 뿜어지는 순간 유저들은 스켈레톤에게 스킬을 사용하도록 명령했다. 화살이 가장 먼저 쏘아졌고 이후 각종 마법이 허공을 채웠다. 폭발이 일어나고, 연쇄 작용으로 인해 더 거대한 폭발이 발생하면서 강력한 진동이 몸을 때려댔다.

쿠후-우-우-웅.

폭발이 멎을 즈음. 지휘 권한 발동.

부르탄, 아머아처1, 아머기마병1, 아머메이지1이 앞으로 나섰다. 무혁의 생각을 공유하기라도 하듯 그들은 자연스럽게 해야 할 일을 시작했다.

좋은데?

무혁은 웃으며 정면을 바라봤다.

나도 움직여야지.

스킬 어둠의 기운을 사용했다.

[어둠의 기운이 주변으로 퍼집니다.]

[반경 10미터 이내, 적대 생명체에게 고정 대미지(20)를 입힙니다.]

[MP(1)가 소모됩니다.]

아직 1레벨이라 고정 대미지 수치가 낮았지만 레벨이 높아질수록 그 위력이 급증하게 될 것이다. 현재는 대미지보다는 HP와 MP의 수급처로 사용하는 수준이었다. 그것만으로도 역할을 다하고 있기에 조금도 아쉽지 않았다.

윈드 스텝, 십자 베기, 풍폭.

빠른 속도로 벽면을 내달리며 보이는 몬스터에게 피해를 입혔다.

[HP(2)가 회복됩니다.]

[MP(2)가 회복됩니다.]

미친 듯이 날아다녔음에도 MP가 여유로웠다.

좋아!

처음 던전을 경험했을 때와는 차원이 다른 속도로 몬스터를 정리해 나갔다.

[경험치를 획득합니다.]
[경험치를 획득합니다.]
['어둠'의 레벨이 상승합니다.]
[경험치를…….]

1단계를 클리어했을 땐.

[남은 시간 : 43분 41초]

6분이 조금 넘게 흘렀을 뿐이었다. 1단계를 빠르게 클리어했지만 지금은 1초라도 아껴야 하는 상황이었다.

"바로 움직이죠."

나타난 계단을 통해 아래로 내려가니 넓은 홀이 나타났다.

2단계에서는 공중 몬스터가 등장하기에 미리 스켈레톤에게 마법을 준비시켜놓았다. 1단계를 마무리 지을 때 스킬을 아껴둔 상태라 시작과 동시에 마법을 난사할 수 있었다.

쾅, 콰과과과과아앙!

강한 폭발이 끝나는 순간, 무혁이 움직였다. 날아다니는 비행 몬스터 한 놈만을 바라보며 지면을 찼다.

"흐읍!"

아슬아슬하게 몬스터의 발을 잡을 수 있었다. 힘을 주어 몸을 튕겨냈다. 반원을 그리면서 비행 몬스터의 등에 올라탄 그가 검을 휘둘러 날개를 잘라 버렸다.

키아아아악!

하나만 잘라내도 균형을 잃고 떨어지는 게 비행 몬스터다. 그렇기에 남은 하나의 날개에 욕심을 내지 않고 주변에 있는 다른 몬스터에게 옮겨갔다. 그사이 날개 하나를 잃은 몬스터가 아래로 추락했고 무혁은 시선을 돌리며 검을 내려찍었다.

푸욱.

검을 비틀면서 뽑아낸 후 다음 몬스터에게 점프했다.

쉴 새 없이 움직였고.

"후우……"

덕분에 2단계 역시도 빠른 속도로 클리어할 수 있었다.

2단계에서 소모된 시간은 11분. 남은 시간은 32분 20초.

상당히 여유로웠지만 그럴수록 불안감은 짙어졌다.

너무 시간이 많이 남았어.

어쩌면 3단계가 끝이 아닐지도 몰랐다.

생각은 일단 넣어뒀다.

지금은 3단계 클리어에 집중할 때였다.

"준비하세요!"

빛이 뿜어지고 나타난 몬스터와 다시 한번 치열한 접전을 펼쳤다.

목적지에 도착한 다크는 검은색 피부를 자랑하는 야차와 마주했다.

크워어어억!

달려드는 야차를 바라보던 다크가 방패를 내민다.

콰아앙!

폭발이라도 일어난 것 같았지만 충격은 소리만큼 크지는 않았다.

역시……!

다크의 눈에 희열이 감돌았다. 강화 덕분인지 HP의 소모도 부담되지 않았다. 그때, 또다시 놈이 몸으로 부딪혀 왔다. 다크는 허리를 살짝 틀면서 방패를 밀어냈다. 충격을 최소화하면서 야차의 균형을 무너뜨리기 위함이었다.

낙뢰!

흔들리는 야차를 노리며 스킬을 사용했다.

하늘이 갈라지고.

콰지지직!

번개가 내리꽂혔다.

[크리티컬이 터집니다.]

[5,711의 대미지를 입힙니다.]

[HP(218)를 흡수합니다.]

충격에 굳어버린 야차를 연이어 공격했다.

[3,127의 대미지를 입힙니다.]
[HP(97)를 흡수합니다.]

들어가는 대미지가 엄청났다.
역시······!
이게 바로 강화의 효력이었다.
이길 수 있어.
다시 한번 공격을 시도하려는 순간 야차의 스턴이 풀렸다.
놈이 괴성을 지르며 지면을 차는 순간 붉은 기운이 야차에게서 뿜어졌다. 정확하게 말하자면 야차의 발끝에서부터 시작되었고 그 기운이 다크의 전신을 휘감아버렸다.

[피어에 당했습니다.]
[HP가 지속적으로 줄어듭니다.]
[이동속도, 공격 속도, 반응속도가 대폭 하락합니다.]

몸이 거의 슬로우 모션처럼 움직였다.
답답함이 가슴까지 차오른다.
그사이 야차는 지척에 도달해 주먹을 휘두르고 있었다. 주먹에서 시작된 악마 형상의 기운이 다크의 전신을 휘갈겼다.

쿵, 쿠후우웅.

충격에 시야가 흔들거렸다.

날아가고 있나?

정신을 차린 다크가 치유 스킬을 사용했다.

그레이트 힐.

하지만 여전히 움직임이 더뎠다. 그 탓에 제대로 착지하지 못하고 바닥을 한참이나 쓸면서 밀려났다.

점프하여 날아온 야차가 발바닥으로 다크의 가슴을 짓밟았다.

실드!

보호막으로 첫 번째 공격을 막아낸 후 몸을 굴렸다.

쿠웅!

어느새 접근한 야차의 공격을 다시 허용했다. 아이템을 강화한 상태라 망정이지 아니었다면 목숨을 잃었으리라.

조금만 더 버티자!

의지를 다지며 인내했고.

[피어가 풀립니다.]

[모든 능력치가 원래대로 돌아옵니다.]

드디어 몸이 제대로 움직이기 시작했다.

방패로 야차를 밀어낸 후.

신성한 검!

새하얀 빛이 다크의 검에 씌워졌다.

헤이스트! 스트렝스!

각종 버프 스킬까지 사용한 후.

"하아아아압!"

단일 최강 스킬, 천벌이었다.

쿵, 쿠구구구궁!

지금껏 보지 못했던 거대한 번개에 신성력이 가미되어 야차에게 꽂혔다. 두 번째 번개, 세 번째 번개까지 꽂히고서야 갈라졌던 하늘이 원래대로 돌아왔다.

[경험치를 획득합니다.]

야차를 쓰러뜨린 것이다. 일반 야차보다 훨씬 강한, 검은색 피부를 자랑하는 야차를 말이다.

사냥이 가능해지면서 욕심이 생겼다.

강화를 더 해야 돼.

최근 들어서부터 성기사라는 직업에 회의를 느끼지만 되돌릴 수는 없는 일이었다. 잘만 키우면 하이브리드가 되겠다 싶어서 선택했지만 다른 직업과 자꾸만 비교하게 되었다.

애매한 대미지, 그리고 애매한 버프 능력.

뭐 하나 썩 마음에 드는 게 없었다.

강화밖에 없어.

그런 시기에 찾아온 희망이었다. 강화를 하니 레벨보다 높은 몬스터도 사냥할 수 있게 되었고 자연스럽게 욕심이란 게 피어올랐다.

일단은 퀘스트부터.

생각을 정리한 조음 야차가 등장했다

크워어어억!

또다시 치열한 접전을 펼쳤고 놈을 죽일 수 있었다.

[경험치를 획득합니다.]

[야차의 심장을 획득합니다.]

퀘스트 아이템이 떨어졌다.

"오호……!"

5개를 모아야 하는 퀘스트였는데 운이 좋은지 벌써 1개가 드랍되었다. 4개만 더 모으면 퀘스트가 종료되는 것이다.

오래 걸릴 거라 여겼는데…….

웃으며 다시 사냥에 집중했다.

[경험치를 획득…….]

2시간이 지나지 않아 1개를 더 먹었다.

좋아, 2개!

이제 3개만 더 먹으면 끝이었다.

사냥에 집중하는 다크의 표정이 갈수록 일그러졌다. 드랍률이 생각보다 좋지 않다는 것을 깨달은 것이다. 초반 4시간을 사냥해서 2개를 먹었는데 그 이후로 8시간을 사냥해서 1개도 먹지 못한 것이다.

제발 나와라, 좀!

결국 3일에 걸쳐 사냥을 했고 그제야 5개를 모두 모을 수 있었다. 서둘러 제국으로 돌아가 귀족 NPC를 만났다.

"고생했네."

"아닙니다."

"내 예상보다 훨씬 더 빨리 가져와서 조금 놀랐다네."

그 말에 다크가 웃었다.

"해서, 특별한 선물을 준비했는데 말이야."

"특별한 선물이요?"

"그렇다네. 관심이 있는가?"

관심이 없을 리가 없었다.

"물론입니다."

그 대답에 귀족의 눈동자가 스산하게 빛났다.

"자네 현재 직업이 성기사지?"

"네."

"지금보다 훨씬 더 강해질 수 있다면 어쩌겠나?"

처음에는 고개를 갸웃거리던 다크였지만 이내 귀족이 한 말의 의미를 깨달았다. 순간 다크의 표정에 흥분이 서렸다.

새로운, 직업?

귀족은 다크의 속내를 짐작했는지 크큭거리며 웃었다.

"어쩔 텐가?"

"더 강해질 수 있다면……."

"있다면?"

"뭐든지 해야죠."

"좋은 마음가짐이군. 그럼 자네를 믿고 말하겠네. 거절한다면 좋지 않은 일이 벌어질 수도 있음을 인지하게나."

귀족의 분위기가 바뀌었다. 푸근한 인상이 지금 이 순간만큼은 위압감으로 가득 찼다. 그럼에도 다크는 고개를 끄덕였다. 더 강해지는 게 사실이라면 정말로 뭐든지 할 생각이었기에 거리낄 게 없었다.

"어둠에 대해서 알고 있나?"

"어둠……?"

에피소드 1이 떠올랐다.

"흑마법사?"

"그렇다네. 그는 어둠의 한 자락일 뿐이었지. 진정한 어둠은 힘을 기르기 위해 깊은 잠에 빠져 있으니 말이야. 자네에게 그 어둠의 힘 일부를 주겠네. 받아들이겠나?"

이해가 된다. 어둠의 힘. 그걸 받아들이는 순간 어둠의 세력이 될 것이다. 어쩌면 전 대륙과 적이 될지도.

하지만 그렇기에 더 흥미로웠다.

"정말 강해지는 겁니까?"

"물론."

"지금보다 훨씬, 더?"

"당연하다네. 불안하다면 한 번의 기회를 주지. 힘을 받고 나서 1시간 안으로 마음을 바꿀 수 있는 기회를 말이야. 혹시라도 마음에 들지 않는다면 특별히 어둠의 기운만 회수하도록 하겠네. 자네에게 피해도 주지 않을 것이고. 하지만 1시간이 지난다면 자네는 평생을 어둠의 세력에 속해 살아야 할 것이야."

이렇게까지 말한다면 손해를 볼 것도 없었다.

별로면 취소하면 되니까.

"그럼 받아들이겠습니다."

"크크큭, 좋군."

귀족이 손을 뻗었다.

진득한 어둠이 뿜어지더니 다크를 휘감았고.

[새로운 힘 '어둠'을 받아들이시겠습니까?]

[Yes/No]

[받아들일 경우 '어둠 기사'로 전직합니다.]

예스. 선택하는 순간 메시지가 우르르 떠올랐다.

[어둠 기사로 전직합니다.]

[기존 스킬이 모두 사라집니다.]

[스킬 '어둠의 향연'이 생성됩니다.]

[스킬 '지옥불'이 생성됩니다.]

[스킬 '극한'이 생성됩니다.]

[스킬…….]

[기존 스킬의 레벨에 맞춰 새롭게 얻은 스킬의 레벨이 조정됩니다.]

[직업을 들킬 경우 모든 제국과 적대 관계가 됩니다.]

스킬의 내용을 확인하는 순간 절로 미소가 그려졌다.

누가 봐도 극딜러였으니까.

게다가 버프와 디버프 계열의 스킬도 보였다.

범위 공격도 3개나 있었고 스킬 계수도 엄청나게 높았다.

최고야……!

그야말로 바라마지않던 직업을 얻게 된 다크였다.

3단계는 15분 만에 클리어했다. 아직도 18분이란 시간이 남았다. 고개를 돌리니 아래로 내려가는 계단이 나타났다.

"하아."

4단계인 모양이었다.

"3단계가 끝이 아니었네요."

"이럴 줄 알았어."

유저들이 투덜거렸다.

"5단계까지 있는 거 아냐?"

"그럴지도요."

무혁은 무시한 채 계단으로 향했다.

"내려갑니다."

그에 별수 없이 유저들이 따랐다. 아래로 향하니 이번에는 생각보다 작은 규모의 홀이 나타났다.

"작네요."

"흐음."

이번에도 빛이 뿜어지긴 했는데 벽면이 아니라 홀의 중앙이었다.

"중앙?"

"뭐지?"

거기서 나타난 몬스터는 겨우 한 마리였다.

[보스 몬스터 '자이언트 외눈박이'가 나타납니다.]

문제는 그 한 마리가 보스라는 것이었지만 말이다.

"미친……!"

"보스 몬스터?"

5미터를 훌쩍 넘어가는 거대한 놈이었다. 18분 안으로 저 보스 몬스터를 쓰러뜨리는 게 과연 가능은 할까. 고민을 하기보다는 행동으로 옮겨야 할 때였다.

어차피 한 마리야.

혼란스러운 상황이라 명령도 잘 듣지 않을 게 분명했다.

이럴 땐 행동으로 보여줘야겠지.

무혁은 검을 활로 변형한 후 시위에 화살을 걸었다.

풍풍, 강력한 활쏘기.

시위를 놓자 주변에 있던 아머아처들 역시 뼈 화살을 날려 보냈다. 화살들이 자이언트 외눈박이의 신체 곳곳에 박히는 순간 놈이 괴성을 내뿜었다. 직선 범위, 부채꼴 모양으로 쏘아 지는 형태의 기파였는데 속도가 빨라서 피할 수 없었다.

[스턴 상태에 빠집니다.]
[5초간 움직일 수 없습니다.]

몸이 굳어버린 탓에 자이언트 외눈박이의 이어지는 공격을 바라만 봐야 했다.

"젠장……!"

"몸이 안 움직인다고!"

유저들이 빠른 속도로 죽어 나갔다. 잔혹했던 시간이 흐르 고 드디어 기다리던 메시지가 떠올랐다.

[시간이 초과되었습니다.]

빛과 함께 공간이 바뀌었다.

"하아……."

30여 명을 제외한 나머지 유저 전부 보스 몬스터에게 죽어

버렸다. 무혁도 스켈레톤 수십 마리를 희생하고서야 살아남았으니 죽지 않은 30여 명의 유저는 굉장히 운이 좋았다고 해도 과언이 아니었다.

합심하여 보스 몬스터를 공략했더라면 놈을 잡을 수도 있었겠지만 처음 공격에 당황한 탓인지 유저들은 도망치기에 바빴다.

그게 패착이었지.

지긴 했지만 한 가지 수확은 있었다.

4단계가 마지막이라는 것. 보스 몬스터 이상의 단계가 있을 리 없으니까.

"후, 오늘은 더 이상 도전은 못 하겠네요."

"그, 그렇죠?"

"네, 내일 유저들 접속하면 다시 도전하죠."

"하아, 그럼 전 나갑니다."

"저도……."

"후우, 피곤하네요. 다들 고생했어요."

유저들이 로그아웃을 하거나 마을로 돌아갔다.

나도 돌아가는 게 낫겠지.

한동안 사냥을 제외한 나머지 시간에는 오직 제작에만 집중할 생각이었기 때문이다. 그래야 빠른 시일 내로 강화를 배울 수 있기 때문이다.

대장간 작업실 하나를 빌려야겠어.

군마를 소환한 후 헤밀 제국으로 향했다.

"실례합니다."

"음? 무구라면 바깥 진열대에 있소만."

"다른 볼일로 왔습니다."

"다른 볼일이라면?"

"작업실 하나를 하루만 빌릴 수 있을까요?"

"오호라, 대장장인가 보구만."

"네."

"좋지. 대여료는 10골드일세."

1회용 제작 도구의 가격을 생각한다면 헐값이었다.

"여기 있습니다."

"저기 뒤쪽 건물 안으로 들어가면 7번 자리가 비어 있을 거야. 거길 쓰게나."

"감사합니다."

대장장이가 말한 건물로 이동했다.

7번이…….

오른쪽 구석에 놓인 자리였다. 그곳에 앉은 무혁은 곧바로 작업을 시작했다.

캉, 카앙!

무서운 속도로 무구를 만들어 나갔다.

일루전TV를 통해 무혁의 모습을 보던 방청자들이 혀를 내둘렀다.

-와, 미치겠네요ㅠㅠ

-도, 레, 미?

-장난……?

-ㅈㅅ.

-아니, 근데 진짜 지금 몇 시간째 저러고 있는 건가요?

-2시간은 넘은 거 같은데요.

-3시간인가?

-정확히 3시간 11분 27초입니다. 여러분은 지금 반복되는 동영상을 시청하고 있다고 보시면 될 겁니다.

-ㅎㅎ, 전 잠깐 나갔다 오겠습니다.

-저도…….

-친구랑 술이나 한잔하고 올게요.

-와, 부럽네요.

-저는 그럼 여자 친구와 함께…….

-ㅅㅂ…….

-ㅋㅋㅋ 다들 저녁 맛나게들 드세요.

유저들이 빠르게 줄어든다.

그 와중에도 꾸준히 시청하는 독자는 있었다.

-근데 속도가 진짜 빠르네요.

-아무래도 힘 스탯이 높아서 그런 것 같네요.

-대장장이 유저들도 높을 텐데…….

-대장장이 유저는 레벨이 낮아서 총 스탯이 낮은 편이더라고요.

-아, 그래요?

-네, 대장장이 랭킹 1위 레벨이 100이 조금 넘었던데요?

-하긴, 작업만 할 테니…….

-그래서 무혁 님 스킬 레벨이 이렇게 높았던 거군요.

-ㅇㅇ, 짧은 시간에 엄청나게 만들어버리니까요.

-크, 저도 제작 스킬 좀 배워야겠네요.

물론 그들의 인내심도 그리 길지는 않았다.

-피곤하군요. 그냥 켜놓기만 하고 일하는 중인데도 피곤해요.ㅎㅎㅎ

-그만 주무시죠. 밤도 늦었는데.

-그럴까요?

-ㅎㅎ네, 전 이만 자러 가야겠어요.

-저두요.ㅎㅎ

-내일 봐요.

-다들 수고하세요.

그로부터 1시간이 더 흐르고서야 무혁도 작업을 멈췄다.

"후우."

긴 한숨과 함께 대충 정리한 후.

로그아웃. 캡슐에서 빠져나왔다.

다음 날. 아직 네크로맨서 유저들의 페널티 시간이 꽤 남은 상태였다.

8시간은 더 작업할 수 있겠네.

다시 무구를 제작하기 시작했다.

캉, 카앙!

망치를 휘두를 때마다 진행도가 차올랐다.

[결을 맞혔습니다.]
[진행도(5.2퍼센트)가 상승합니다.]
[보너스 진행도(0.2퍼센트)가 상승합니다.]

[결을 완벽하게 맞혔습니다.]
[진행도(10.4퍼센트)가 상승합니다.]
[보너스 진행도(0.3퍼센트)가 상승합니다.]

물론 가끔은 실수도 있었다.

[결을 맞히지 못했습니다.]
[진행도(15.8퍼센트)가 하락합니다.]

제작 스킬의 레벨이 높아지면서, 또 힘 스탯이 증가하면서 실패할 경우 진행도가 크게 떨어지게 되었다. 지금은 실패할 때마다 15퍼센트가 넘게 줄어드는 상태였지만 사실 10번 휘둘러서 실패하는 경우는 1번이 있을까 말까였기에 크게 신경 쓰지 않았다.

"후-우."

대검 한 자루를 만든 후 옵션을 확인했다.

[차가운 대검]

물리 공격력 157

힘 +3

공격 속도 +2%

내구도 450/450

사용 제한 : 힘 80, 체력 50.

100레벨 유저가 사용하기엔 나쁘지 않은 수준이었다.

24시간 경매를 등록한 후 다시 작업을 이어갔다.

1시간, 2시간, 그리고 3시간. 무혁은 쉬지도 않은 채 같은 행동을 무한히 반복했다.

이제 채팅창에 간간이 욕이 튀어나왔다.

-ㅅㅂ, 미친. 아직도 해요? 나 지금 영화 두 편이나 보고 왔는데?

-ㅇㅇ……. 쉬지도 않았음.

-님은 왜 저걸 지켜봄?

-그냥 켜놓고 딴 일 하고 있어요.ㅋ

-ㅋㅋㅋ, 님도 대단함.

-감사.ㅋㄷ

-암튼 저 영화 한 편만 더 보고 오겠음.

-ㅇㅇ

-그때도 작업하고 있으면 진짜…….

-현피?

-그건 아니고요.ㅋㅋ 암튼 영화 보고 옵니다.

약 2시간이 지나고. 영화를 보겠다던 유저가 접속했다.

-와, 무혁 개새…….

-ㅋㅋㅋㅋㅋㅋㅋㅋㅋㅋㅋ.

-언제까지 하려고 저러죠?

-글쎄요.

-어, 지금 일어났음.

-오, 대박. 제발 좀 사냥하러 가자!

-던전에 가자!

-고고!

방청자의 바람이 들렸던 걸까. 무혁이 대장간을 나섰다.

"소환."

군마를 불러낸 후 탑승한 채 던전으로 향했다. 가는 길에 몇 가지를 확인하던 무혁의 표정이 조금 묘하게 변했다.

어둠 기사?

랭커 1위인 다크의 직업이 성기사에서 어둠 기사로 바뀐 것이다.

이거…….

무혁의 기억 속에 있던 직업이었다 어둠 기사. 훗날 에피소드와 연관되어 있는 직업이기도 했고.

재밌겠는데?

하지만 아직은 한참이나 남은 얘기였다.

인식만 해둔 상태로 지내면 되리라.

"어, 저기요!"

그때 어제 함께 던전에서 사냥했던 유저들과 마주쳤다.

"어, 무혁 님!"

"여기서 뵙네요."

"네, 같이 가도 되죠?"

"물론이죠."

자연스럽게 합류하게 되었다.

"어, 저기요!"

가는 길에 또 다른 조폭 네크로맨서를 만나게 되었고 어느새 수십이 넘는 이들과 던전으로 향하는 모양새가 되었다.

"오늘은 꼭 깨자고요."

"그래야죠."

그사이 목적지인 타임 어택 던전에 도착했다.

"잠시만요."

"네?"

"다른 유저는 없죠?"

"아……!"

모두들 주변을 살폈다.

"없네요."

"그럼 들어가죠."

내부로 들어선 무혁은 이미 도착한 유저들을 보며 인원을 파악했다.

[조폭 네크로맨서 현황]

[총 인원 : 317명]

[사망자 : 0명]

[생존자 : 317명]

일일이 헤아려 봤지만 250명도 모이지 않은 상태였다.

"전부 모이려면 시간이 걸리겠네요. 잠시 쉬도록 하죠."

적어도 1시간? 그 정도는 있어야 모이리라 여겼는데 아니었다. 대충 20분이 지났을 즈음 모든 유저가 던전에 도착한 것이다.

"생각보다 금방 모였네요."

아무래도 쉽게 얻을 수 없는 던전 퀘스트다 보니 최대한 서두른 모양이었다. 무혁에게는 좋은 일이었기에 몇 가지 계획을 설명한 후 던전으로 진입했다.

제3장
단축

1, 2, 3단계는 더 이상 어렵지도, 위험하지도 않았다.

"시간이……."

"와우! 25분밖에 안 흘렀어!"

"대단한데요?"

"그럼 4단계를 25분 안으로만 깨면 되는 거네요."

"그렇죠……?"

4단계 이야기가 나오는 순간 분위기가 다운되었다. 자이언트 외눈박이, 보스 몬스터의 위용이 떠오른 탓이었다.

"깰 수는 있으려나요."

부정적인 기운이 흐르는 순간 무혁이 나섰다.

"다들 집중해 주세요."

유저들의 시선이 모인다.

"전에 상대해 본 경험으로 보자면 지금 인원이면 충분히 이길 수 있습니다. 그때는 다들 자기 목숨만 지키려고 도망치기에 급급해서 아무것도 못 했을 뿐이죠."

"으음."

"하긴……."

불편한 표정의 유저들이었지만 내심 인정하는 바였다.

"던전에 입장하기 전에 말한 것처럼, 각자 할 일만 하면 됩니다. 지금도 시간이 흐르고 있으니 서두르겠습니다."

말을 마친 무혁이 4단계로 이어지는 계단으로 내려갔다.

좁은 홀 가운데에서 놈이 나타났다.

[보스 몬스터 '자이언트 외눈박이'가 등장합니다.]

준비하고 있던 공격들을 쏟아부었다.

콰과과과광!

뒤이어 317명이 소환한 스켈레톤 전사와 기마병들이 파도처럼 놈에게 짓쳐 든다. 전신에 화살이 꽂히고 각종 피해를 입은 자이언트 외눈박이가 포효를 내질렀다.

쿠아아아!

부채꼴 모양으로 퍼지면서 범위에 있던 스켈레톤들이 부서졌지만 그보다 더 많은 공간에서 밀려드는 상태였다. 하나하나는 약했지만 뭉치니 결코 무시할 수 없었다. 꾸준히 들어가는 작은 대미지가 놈을 괴롭혔다.

크워어어어!

들러붙은 스켈레톤을 떼어내기 위해 발악했다.

파앙!

그 순간 날아간 한 대의 화살.

['든하이 독'이 적용됩니다.]

곧바로 출혈의 눈물과 약화의 마비까지 사용했다.

[자이언트 외눈박이의 HP가 지속적으로……]
[자이언트 외눈박이의 신체 능력이……]

환각의 독과 혼란의 물약, 장막의 물약은 최대한 아꼈다가 위기의 순간에 사용할 생각이었다. 그 위기의 순간이 언제 올 것인가. 조금이라도 방심하는 순간 놓칠 수 있었기에 집중력을 최대로 발휘하여 상황을 주시했다.

흐음.

예전에 했던 게임의 저그라는 종족이 떠올랐다.

물량, 그리고 또 물량. 저그 종족의 특징을 직접 두 눈으로 보고 있는 기분이었다.

키릭, 키리릭!

마치 저글링 10부대가 울트라 1마리에게 덤벼드는 모양새였다. 보통의 저글링이라면 크게 위험하진 않겠지만 발업과 속업, 공업과 방업을 풀로 채운 저글링이라면 이야기는 달라진다. 아무리 피통이 큰 울트라라고 할지라도 녹여 버릴 수 있게 되는 것이다.

지금 상황이 그러했다. 스켈레톤들은 손짓 한 번, 발짓 한 번에 부서졌지만 그 자리를 끝없이 채우며 검을 그었다. 하늘에서는 뼈 화살이 쉴 새 없이 내리꽂혔고, 틈틈이 마법까지 뿜어지니 자이언트 외눈박이도 당황할 수밖에 없으리라.

지친 기색을 풍기며 다시 기파를 쏘아보지만.

크아아아아!

절반이 넘는 스켈레톤이 살아남아 허우적거리며 다가갔다. 키릭, 키리릭. 소리와 함께 어긋난 턱뼈를 부딪치면서.

스켈레톤 대부분이 죽어버렸으나.

크, 크흐으으.

자이언트 외눈박이 역시 정상적인 상태는 아니었다.

풍폭, 강력한 활쏘기로 화살 한 대를 날린 후 바로 지면을 찼다. 윈드 스텝. 변형, 변형. 충분히 거리가 좁혀졌을 때.

[자이언트 외눈박이가 3초간 시야를 빼앗깁니다.]

메시지가 떠올랐다.

앞서 보낸 화살에 혼란의 물약이 묻어 있었기 때문이었다. 그렇기에 속도를 줄이지 않은 채 접근하여 검을 강하게 내리그었다.

풍폭, 십자 베기.

제대로 손맛이 느껴졌다.

[크리티컬이 터집니다.]
[2,417의 대미지를 입힙니다.]
[추가로 4,341의 대미지를 입힙니다.]

무지막지한 대미지였다.

꿈틀.

3초가 흘렀는지 놈이 움직이려 했다.

조금 있다가.

놈의 이어지는 공격을 몇 번 피하면서 대미지를 입히던 무혁은 녀석이 기파를 쏘려는 낌새가 보이는 순간 다급히 혼란의 물약을 검 날에 묻혔다.

서걱.

베어버리는 순간 자이언트 외눈박이가 상체를 흔들었다.

[자이언트 외눈박이가 3초간 신체 지배력을 잃습니다.]

다시 공격을 이어 나갔고 상당한 피해를 입힐 수 있었다.

이제 마지막인가.

정령 어둠이 앞으로 쏘아졌다.

공포 자극!

다시 한번 십자 베기를 사용했고.

[크리티컬이 터집니다.]

[2,417의 대미지를 입힙니다.]

[공포 자극으로 인해 362의 추가 대미지를 입힙니다.]

[추가로 4,341의 대미지를 입힙니다.]

[공포 자극으로 인해 651의 추가 대미지를 입힙니다.]

[과다 출혈 효과가 적용됩니다.]

[상대방의 HP가 지속적으로 줄어듭니다.]

또다시 크리티컬이 터졌다. 공격을 멈추지 않았다.

단기간에 대미지가 폭발적으로 들어갔다. 아무런 방해도 없이 9초라는 시간 동안 공격을 이어가면서 족히 수만의 HP를 사라지게 만들었다. 하지만 여전히 자이언트 외눈박이는 살아서 움직이고 있었다.

"후아……."

도대체 언제 쓰러질 것인가.

시간은?

[남은 시간 : 4분 19초]

어금니를 깨물며 다시 달려들었다. 아니, 달려들려는 순간이었다.

놈이 앞으로 고꾸라졌다.

"아……."

과다 출혈로 인해 조금 남아 있던 HP가 바닥을 찍은 것이었다.

[타임어택 던전을 클리어하셨습니다.]
[남은 시간 : 4분 17초]
[등급 : B]
[기여도를 정산합니다.]
[클리어 보상으로 대량의 경험치를 획득합니다.]
[클리어 보상으로 랜덤 상자(상급) 3개를 획득합니다.]

홀로그램과 함께 시야가 변했다. 철문 앞으로 돌아온 것이다.

"오, 오오……!"

유저들은 크게 환호를 내질렀다.

"미친, 대박이다!"

"겨, 경험치가 어마어마하게 들어왔는데요?"

"랜덤 상자도 있는데, 이건 뭐죠?"

"크으, 뭐든 간에 초대박입니다!"

그때 일부 유저가 랜덤 상자를 바로 열어버렸다.

"유저님들, 저 랜덤 상자 열어서 두개골 나왔어요!"

"헙, 대박. 축하드려요!"

"저는 시세가 60골드 정도 되는 무기 나왔습니다!"

"와, 미쳤네요."

물론 모두가 좋은 건 아니었다.

"아, 전 쓰레기 떴네요."

"저도……."

"근데 다들 상자가 1개인가 봐요?"

"아, 네. 1개인데요?"

"전 2개라서……."

"허얼."

"아, 기여도 정산한다더니, 그게 그거였군요."

그 순간 유저들의 시선이 무혁에게 쏠렸다.

"그럼……."

"무혁 님은 도대체 몇 개시죠……?"

무혁이 어색하게 웃으며 대답했다.

해야만 하는 분위기였으니까.

"3개입니다."

"아아……."

예상보다 적은 숫자라 다들 수긍하는 모양새였지만 이들은
한 가지를 놓치고 말았다. 무혁이 받은 상자의 등급을.

"일단 쉴까요?"

"아, 네!"

무혁은 자리에 앉은 후 상자를 꺼냈다.

상급이라.

일단은 한 개의 상자만 열었다.

[자이언트 외눈박이의 하체를 획득합니다.]

설명은 별다를 게 없었다. 말 그대로 다리였다. 가지고 있기에도 찝찝한 수준의 다리였지만 그래도 아이템이니 어딘가 쓸모가 있으리라 여기고 인벤토리에 넣었다. 남은 두 개의 상자도 곧바로 열어버렸다. 신발 하나와 대검 한 자루가 나왔다. 옵션은 좋은 편이었다.

50골드는 나오겠네.

보상을 모두 확인한 무혁은 잠시 생각에 잠겼다.

리바이브는 역시 아껴야겠어.

이런 보상이 주어진다는 걸 알았으니 최대한 우려먹어야 하지 않겠는가. 경험치도 필드 사냥보다 훨씬 좋았기에 무한 반복으로 던전을 클리어하기로 계획을 세웠다.

"다들 충분히 쉬었나요?"

"예!"

"그럼 바로 가 보죠."

유저들 모두 의욕에 타올랐다.

보상이 아주 좋았으니까.

"갑니다."

반복되는 단계를 넘어 4단계 보스 몬스터와의 처절한 사투를 끝냈다.

[타임 어택 던전을 클리어하셨습니다.]

[남은 시간 : 3분 22초]

[등급 : C]

…….

이번에는 C등급으로 클리어가 되었다.

45분대 클리어는 B등급. 46분대 클리어는 C등급.

그럼 47분대는 D등급인가?

호기심이 생긴 무혁은 47분대로 클리어해 보기로 했다.

"이번에는 C등급이네요."

"아쉽네요."

"다음엔 A등급으로 노려보자고요."

"좋죠!"

"크흐, 저 이번엔 괜찮은 무기 떴습니다!"

"오오, 축하드려요."

각자 상자에서 나온 것들을 비교하면서 휴식을 취했다.

정확히 30분이 흘렀을 즈음 무혁은 다시 도전을 재촉했고 모두들 기대 어린 표정으로 던전으로 뛰어들었다. 1단계를 5분 만에 클리어한 후 벽면이 사라지고 계단이 나타났다. 계단을 통해 아래로 내려가 2단계를 8분 만에 클리어했다.

3단계는 11분. 여기까지 걸린 시간이 24분이었다. 마지막 4단계인 보스 방에서 시간이 지체되면서 이번에는 D등급을 받게 되었다.

[남은 시간 : 2분 42초]

[등급 : D]

무혁의 예상대로 47분대는 D등급이었다.

"자, 30분 쉬고 또 갑니다."

"예!"

무혁은 쉬는 동안 제작에 열중했다.

카앙, 캉!

이후 출발하기 직전에 상자를 열었다. 중급 상자 3개에서는 갑옷과 장갑, 자이언트 외눈박이의 상체가 나왔고 하급 상자 3개에서는 쓰레기 아이템 1개와 30골드 정도 되는 방패, 그리고 자이언트 외눈박이의 눈알이 없는 얼굴이 나왔다.

뭐, 이딴 걸……:

아이템은 경매장에 올리고 나머지는 던지듯이 인벤토리에 넣어버렸다.

"다들 다시 가죠."

"갑시다!"

이번에는 제대로 사냥했다.

[타임어택 던전을 클리어하셨습니다.]

[등급 : B]

그런데 전과는 달랐다.

"어? 뭐죠? 저만 상자 못 받았나요?"

"저도 못 받았는데요?"

이 황당한 사건에 무혁은 실소를 터뜨렸다.

이런 거였나. 이런 말도 안 되는 보상을 계속 준다고 생각한 것부터가 실수였다. 사실 보상이 너무 좋아서 이상하다고 생각하고는 있었지만 설마 등급마다 한 번이 전부일 줄이야.

"아, 이거 한 번씩 보상받는 게 가능했나 보네요."

"쩝, 그러게요."

"하긴 이렇게 좋은 보상을 계속 줄 리가……."

무혁이 박수를 쳤다.

"자, 보상이 한 번씩이란 걸 알게 되었으니까 이제 최대한 천천히 깨보죠."

"네? 천천히요?"

"낮은 등급도 하나씩 다 받는 게 이득이니까요."

"아……!"

"물론 휴식 후에 갈 겁니다."

"그래야죠."

30분을 쉬고 도전한 무혁과 조폭 네크로맨서 유저들은 1분 1초를 남겨두고 보스를 죽일 수 있었다. E등급을 받으면서 하급 상자 2개를 얻었고 다음 도전에서 F등급을 얻으면서 최하급 상자 1개를 얻을 수 있었다.

"이제 A등급에 도전할 차례네요."

"후우, 드디어……."

무혁은 여기서 잠깐 고민에 빠졌다.

리바이브를 사용해야 하나? 그런데 진짜 A등급이 끝일까? 만약 아니라면?

과거에도 한 번밖에 보지 못했던 던전이라 등급의 끝이 어디인지 파악하지 못한 상태였다. 이런 때에는 안전하게 가는 게 맞았다.

리바이브는 적당하게 써야겠어.

생각을 정리한 후 던전에 도전했다.

시야가 바뀌자마자 뛰었다. 넓은 홀에 도착하자마자 스켈레톤을 소환한 후 빛을 기다렸다.

"옵니다."

빛과 함께 몬스터가 등장했고.

콰과과광!

마법으로 처음 등장한 몬스터들을 처리했다. 지금까지와 같은 방법으로 순식간에 몬스터를 죽인 이후 곧바로 2단계로 향했다. 그곳에서 나타나는 비행 몬스터 다수가 죽는 순간 스킬을 사용했다.

"리바이브."

비행형 몬스터를 되살린 것이다.

"오오, 드디어……."

"사용하는 건가요?"

"아, 네."

무혁은 대답하며 되살아난 몬스터를 지휘했다.

키아아아악!

몬스터끼리 치고받는 와중에 뒤에서 도와주는 스켈레톤 무리들. 당연히 앞선 도전보다 시간이 단축될 수밖에 없었다.

"오오, 빨라!"

"와우, 최단 시간인데요?"

"A등급 받겠네요."

사용한 시간이 겨우 12분이었다.

남은 시간은 38분.

"10분 사용해도 28분이 남네요."

"충분히 가능하죠."

2단계에서 되살린 비행 몬스터가 아군이 된 상태이기에 유저들의 예측은 가능성이 충분했다. 그리고 그 예측은 현실이 되었다.

28분 11초를 남겨 두고 마지막 4단계.

보스 몬스터와 마주했다.

기파에 희생되는 스켈레톤들. 아직 살아남은 일부 비행 몬스터는 유저들의 스켈레톤보다 강했기에 허무하게 잃지 않기 위해 노력했다. 그 노력이 조금씩 빛을 보기 시작했다. 몬스터가 허공을 끊임없이 날아다니며 공격을 퍼부었는데 그 피해가 생각보다 컸다.

"좋아, 밀어붙여!"

"조금만 더!"

그간의 전투가 그래도 경험이 된 걸까.

유저들의 대응도 좋았다.

[남은 시간 : 9분 41초]

10분이나 남았는데 벌써 끝이 보였다.

쿠웅.

얼마 지나지 않아 자이언트 외눈박이가 쓰러졌다.

[남은 시간 : 9분 07초]

[등급 : A]

[클리어 보상으로 극대량의 경험치를 획득합니다.]

[레벨이 상승합니다.]

[클리어 보상으로 랜덤 상자(특급) 2개를 획득합니다.]

등급은 A였고 특급의 상자 2개를 획득했지만 퀘스트는 클리어되지 않았다.

역시……!

남은 시간이 10분대가 되면 A보다 높은 등급을 달성하면서 퀘스트도 클리어되지 않을까 예상하는 무혁이었다. 초반부터 리바이브와 어둠의 힘을 사용하고 보스 몬스터를 상대할 때도 최선을 다한다면 충분히 달성 가능한 시간대였다.

"이번 도전으로 끝내죠."

이젠 정말로 끝을 봐야 할 때였다.

휴식을 취하면서 특급 상자 1개를 개봉했다.

[자이언트 외눈박이의 눈알을 획득합니다.]

또 보스 몬스터의 신체 일부가 나왔다.

뭐야, 진짜?

한편으로는 어딘가 쓸모가 있는 것인가 싶은 생각도 들었다. 당장 떠오르는 건 없었기에 인벤토리에 집어넣은 후 남은 한 개를 더 개봉했다.

[힘센 장갑을 획득합니다.]

힘을 상당히 많이 올려주는 장갑이었다.

괜찮은데? 최소 90골드 이상은 받을 수 있으리라.

곧바로 경매장에 올렸다.

[24시간 경매에 등록합니다.]

아직 휴식 시간이 남았기에 무구를 몇 개만 더 제작하기로 했다.

경험치는 얼마나 되려나.

현재 제작 스킬의 레벨은 19. 경험치는 21퍼센트였다.

정말 머지않았다.

3, 4주 정도만 더 노력하면 강화를 배우게 되리라.

"후우."

의지를 다지며 망치를 휘둘렀다.

기양!

작업을 끝내고 곧바로 던전에 도전했다.

스킬을 아끼지 않았다. 그리고 적을 약하게 만드는 약화와 버프까지.

"자, 갑시다!"

"오오오!"

"다 쓸어버리자고!"

빠르게 1, 2, 3단계를 통과했다.

[남은 시간 : 30분 01초]

최초로 20분이 되지 않아 4단계에 도달했다.

[보스 몬스터 '자이언트 외눈박이'가 등장합니다.]

보스 몬스터와의 처절한 사투가 이어졌다.

풍폭, 멀티샷. 풍폭……:

쉴 새 없이 움직였다. 수천 마리의 스켈레톤 역시 끝없이 놈을 괴롭혔다.

"흐아아아압!"

조금의 방심도 없이 전력을 다해 놈을 압박했고 녀석이 쓰러질 것처럼 보였다. 그 순간 무혁은 실수를 가장하여 강력한 공격을 세 명의 유저에게 쏘아 보냈다.

대단, 백본, 유량.

지켜만 보고 있던 그들에게 처음이자 마지막으로 화풀이를 한 것이다. 마지막 보상만 못 받도록.

"어, 어어……!"

놀란 그들이 피했으나 너무 늦었다.

크워어어어!

앞에 있던 자이언트 외눈박이가 마지막 일격을 퍼부은 탓이었다. 그것으로 세 명은 죽어버렸고.

[타임어택 던전을 클리어하셨습니다.]

[남은 시간 : 11분 19초]

[등급 : S]

[레벨이 상승합니다.]

[클리어 보상으로 랜덤 상자(스페셜) 3개를 획득합니다.]

[퀘스트 '강해지기 위해서'를 클리어하셨습니다.]

동시에 목적을 달성할 수 있었다.

퀘스트를 완료한 이상 이곳에서 더 시간을 보낼 필요가 없었다.

"그럼 다들 돌아갈까요?"

"뭐, 더 해봐야 상자 보상도 없고……"

"경험치가 괜찮긴 한데요."

"용병 길드에서 좋은 의뢰 하는 게 더 나을지도 모르죠."

"하긴, 좀 지키기도 했고요."

"가죠, 그럼."

어차피 이들이 안 간다고 해도 무혁은 갈 생각이었지만 그래도 조금은 기다려 줬다. 의견이 통일된 듯 보였기에 서둘러 던전을 빠져나갔다.

"어, 저기……"

그런데 일부 유저가 머뭇거렸다.

"네?"

"전 급한 일이 있어서 나가봐야겠네요."

"아, 그래요?"

"네, 늦게 가도 퀘스트는 클리어되겠죠?"

"글쎄요."

"안 되면 어쩔 수 없고요. 아무튼, 나가보겠습니다."

그렇게 한 명의 유저가 나가자.

"저도……"

몇 명의 유저가 뒤를 따랐다. 무혁은 딱 감이 왔다.

던전의 위치를 판매할 생각이겠지.

막을 방법은 없었다, 한 가지만 빼고.

일단은 발시언을 찾아가서 보상을 받고 난 후에 그 방법을 사용하기로 했다. 그러면 시기도 얼추 맞아떨어질 것이다.

"출발하겠습니다."

군마를 소환한 후 헤밀 제국으로 향했다.

"스승님!"

"오, 왔느냐!"

발시언이 무혁과 조폭 네크로맨서 유저들을 반겼다.

"네."

"결과는?"

"당연히 깨뜨렸습니다."

"그럼 그 물건들도 있겠구나."

무혁이 고개를 갸웃거렸다.

"물건이라뇨?"

"자이언트 외눈박이 말이다."

"음?"

"그 몬스터의 부위를 얻지 못했느냐?"

그제야 인벤토리에 박아놓았던 그것들이 떠올랐다.

다급히 물건을 꺼냈다.

"이거…… 말입니까?"

"그래, 그거!"

자이언트 외눈박이의 상, 하체와 얼굴, 그리고 눈알을 보며
미소 짓는 발시언이었다. 이내 한 가지가 부족함을 깨닫고는
무혁을 쳐다봤다.

"심장이 없구나."

"심장이요? 그건……"

순간 생각하는 스페셜 상자.

"아, 잠시만요."

상사 하나를 개봉하니 신장이 나왔다.

"여기 있습니다."

"크큭, 좋구나, 좋아!"

발시언이 부위를 하나씩 쥐고는 방에 던져놓았다. 그러곤 정말로 기쁜 듯 크게 웃었다. 한참을 웃던 그가 외쳤다.

"다들 수고했다!"

유저들이 흡족한 듯 떠들었다.

"와, 경험치 대박."

"상자도 한 개 나왔네요."

"크으! 전용 무기예요!"

"어, 저도요."

"저도!"

다들 전용 무기를 획득한 모양이었다.

보상인가?

다만 무혁은 아직 보상을 얻지 못했다.

"제자야."

"네."

"넌 들어와라. 나머지는 모두 물러가도 좋다."

유저들이 떠났고 무혁은 발시언과 함께 방으로 들어갔다.

"고생했다."

"뭘요."

"아무래도 나의 수제자이니 다른 제자와 같은 보상을 줄 순 없지 않겠느냐. 게다가 이걸 얻었다는 건 예상대로 네 녀석이 제일 활약했다는 뜻이고."

"아아……."

"자, 받아라."

발시언이 책을 건넸다.

스킬. 과연 어떤 종류의 것일지 기대가 되었다.

"후우."

심호흡과 함께 스킬북을 펼쳤다.

[스킬 '뼈대 만들기'를 습득합니다.]

['강화 뼈 조립'과 연계되어 새로운 스킬로 진화합니다.]

[스킬 '조립 마스터'를 습득합니다.]

꾸준히 사용하고 있는 강화 뼈 조립이 새로운 스킬로 진화해 버렸다.

"어……?"

서둘러 스킬을 확인했다.

[조립 마스터]

1. 스켈레톤의 뼈를 갈아치우는 것뿐만이 아니라 새로운 형태

로의 변화가 가능하다. 단, 새로운 형태의 크기가 너무 클 경우 제약이 있을 수 있다.

2. 일정한 조건을 달성할 경우 뼈로 이뤄진 소환수를 제작하여 조종할 수 있다. 단, 초당 10의 MP가 소모되며 몬스터의 레벨이 캐릭터의 레벨보다 높을 수 없다

첫 번째는 기존에 있던 강화 뼈 조립의 내용이었다. 두 번째가 추가되었는데 그 내용을 읽는 무혁의 눈이 커졌다. 레벨 300이 되어야 배울 수 있는 스킬 하나와 너무나도 흡사한 까닭이었다.

"어, 이거⋯⋯!"

"클클, 놀랐느냐."

"아, 네."

하위 호환이긴 했지만 그것만으로도 가슴이 쿵쾅거릴 지경이었다.

두근, 두근.

그때 발시언이 몸을 일으켰다.

"따라와라."

"네?"

"어서."

밖으로 나간 발시언이 바삐 움직였다. 무혁이 건넸던 자이언트 외눈박이의 신체 부위를 조립하기 시작한 것이다. 완성된 순간 발시언의 손에서 빛이 뿜어졌고 직후 자이언트 외눈박이

로 이뤄진 뼈가 덜그럭거리며 움직였다.

"흐흐, 어떠냐."

"어, 어떻게 움직이는 거죠?"

"능력이지. 하지만 유지되는 시간은 1분 정도로 짧다. 계속해서 움직이게 하려면 용심이라는 물건이 필요한데……."

무혁의 눈이 빛나는 순간 퀘스트가 떠올랐다.

[용심을 구하라]

[새롭게 얻은 스킬 '조립 마스터'를 제대로 이용하기 위해서는 용심 아이템이 필요하다. 어딘가에 있을 용심을 구해 발시언에게 전달하라.]

[성공할 경우 : 자이언트 외눈박이 스켈레톤.]

이건 고민할 필요가 없었다.

왜냐고? 용심을 1개 지니고 있었으니까.

퀘스트를 받자마자 인벤토리에서 용심을 꺼냈다.

"이건……!"

"예전에 구했던 거예요. 혹시 몰라서 가지고 있던 건데……."

"허허, 네 녀석. 운도 좋구나."

무혁이 미소를 지었다.

"이거면 되나요?"

"물론이다!"

용심을 건네자 퀘스트가 완료되었다는 메시지가 떠올랐다.

이후 발시언이 손짓해서 무혁을 불렀고 가까이 다가간 무혁은 용심을 자이언트 외눈박이의 심장에 올렸다.

"누르고 있어라."

"네."

발시언이 품에서 푸른 돌을 꺼냈다. 마정석이었다.

"이건 내가 특별히 선물하마."

"감사합니다."

무혁에게도 몇 개 있지만 아낄 수 있다면 좋은 일이었기에 사양하지 않았다. 무혁이 계속해서 용심을 누르는 사이 발시언은 4개의 마정석을 얼굴과 눈알, 상체와 하체에 놓았다. 그러자 용심에서 붉은빛이 터지더니 심장으로 흡수되기 시작했다.

[스킬 '조립 마스터'를 시전했습니다.]

[흡수율 8%를 달성합니다.]

[흡수율 37%를 달성합니다.]

[흡수율 51%…….]

순식간에 100퍼센트에 도달했다.

[보스 몬스터 '자이언트 외눈박이(Lv.150)'가 귀속됩니다.]

[초당 10의 MP가 소모됩니다.]

그러자 귀속이 되었다는 메시지가 떠올랐다.

"아……."

"이제 네 녀석 거니까 잘 다뤄라."

"고맙습니다, 정말로."

엄청난 전투력의 스켈레톤이 생겨 버렸다.

큰 도움이 될 거야. 아니, 그 이상으로 도움이 될 것이 분명했다.

"이제 줄 것도 다 줬고. 딱히 시험할 것도 없구나. 한동안은 알아서 성장하도록 해라."

"네. 다음에 찾아뵐게요."

"그러든가 말든가."

무혁은 웃으며 발시언과 헤어졌다.

한산한 곳에서 스켈레톤을 소환한 후 자이언트 외눈박이를 포함하여 전부 마계로 보내 버렸다.

로그아웃. 이후 캡슐에서 나왔다.

치이익.

서둘러 일루전 홈페이지에 접속한 후 정보 게시판에 하나의 글을 게시했다.

◉

마계로 이동된 자이언트 외눈박이와 스켈레톤들.

-강하다.

-정말로 강하다.

-놀랍다.

스켈레톤들은 자이언트 외눈박이를 바라보며 하나같이 감탄했다.

-엄청나다.

그 감탄은 하나로 귀결된다.

-우린, 더 강해질 수 있다.

-가자!

부르탄, 아머기마병1, 아머아처1, 아머메이지1이 나서서 지휘를 시작했다. 어디에도 속하지 않는 자이언트 외눈박이는 왼쪽에 자리를 잡고 아머나이트와 속도를 맞춰서 걸었다.

곧이어 등장한 마수를 보며 자이언트 외눈박이가 말했다.

-나는 휘젓겠다.

-알겠다.

자이언트 외눈박이가 달려 나갔다.

쿠후우웅.

5미터가 넘는 거대한 녀석이 뛰어가니 꽤나 볼만했다. 이윽고 마수들의 중앙에 도착한 자이언트 외눈박이가 손과 발을 내질렀다.

압도적인 파괴력.

키아아아악!

그에 마수들이 허무하게 죽어 나갔다.

-돕겠다.

뒤이어 도착한 아머기마병들이 마수들을 반으로 갈랐다.

기마병은 마수를 유린했고 연달아 도착한 부르탄의 기파에 휩쓸려 힘없이 쓰러졌다.

아머아처와 메이지는 사실상 할 것도 없었다.

순식간에 마수를 녹여 버린 후 곧바로 이동했다.

-7급 마수다.

-쓸어버리자!

이번에는 마법부터 사용했다.

쾅, 콰과과광!

뒤이어 아머아처의 화살들이 쏟아지고. 부르탄의 기파와 자이언트 외눈박이의 기파가 동시에 마수를 휩쓸었다.

-우린 승리한다!

의지가 관철되었다.

덩실, 덩실.

7급 마수를 어렵지 않게 잡아내는 순간 부르탄이 기쁜 듯 춤을 추기 시작했다.

서둘러 일루전에서 나온 조폭 네크로맨서 유저, 하늘곰은 곧바로 홈페이지에 한 가지 글을 올렸다.

[제목 : 신규 던전 위치, 정보 판매합니다!]

[내용 : 말 그대로, 신규 던전이에요. 타임어택 던전이고 위치랑 정

보까지 다 판매하겠습니다. 한 가지만 알려드리자면 레벨이 다른 유저도 동시에 입장이 가능합니다. 엄청나죠? 그러니 반드시 가격 첨부해서 쪽지 보내주세요. 가격 없으면 답장 안 하고 바로 삭제합니다. 가격은 그냥 제가 생각하는 거 넘으면 더 이상 안 바라고 즉각 그분한테 연락해서 거래할 생각입니다. 기다리고 있겠습니다.]

수시로 쪽지함을 확인했다. 조급함은 없었다.

뭐, 다른 유저도 팔고 있겠지.

던전의 위치가 달라지는 것도 아니고 또 던전이 사라지는 것도 아니었다. 인원에 제한이 있는 것도 아닌 것 같았기에 뭐가 되어도 상관없다는 생각이 들었다.

그래도 1위면 좋겠는데.

여전히 쪽지가 오지 않았다.

호기심에 댓글을 확인했다.

-카우 : 이거, 일루전TV 무혁 님 포함해서 조폭 네크로맨서 전용 던전, 거기 아님?

└종종 : 맞는 거 같은데요?

└카우 : 이거 팔아도 됨?

└종종 : 뭐, 파는 사람이 임자겠죠ㅋㅋ

└카우 : 판매자 쓰레기네⋯⋯.

└종종 : 님도 저기 있었으면 어땠을지 모름.

└카우 : ㄴㄴ, 전 안 그럼.

└무천 : 안 그래도 이동할 때 무혁 님 화면 꺼져서 위치 더럽게 궁금했었는데…….

댓글이 벌써 50개가 넘어갔다.

뭐야, 이거.

대부분이 욕이었다.

아, 몰라!

짜증이 나서 뒤로가기를 누른 후 다시 쪽지함을 확인했다.

N이라는 글자가 반짝인다.

왔다!

서둘러 쪽지를 확인했다.

[제목 : 2천.]
[내용 : 2천 드리겠습니다. 답장 기다리죠.]

시작부터 대박이었다.

크으, 2천만 원……!

곧바로 답장을 하려는 순간 또 다른 쪽지가 왔다.

[제목 : 제가 삽니다.]
[내용 : 아크라 길드, 랭킹 51위 길드입니다. 이거 일루전TV에서 봤던 거기 맞죠? 조폭 네크로맨서 유저들 단체 퀘스트로 확보한 걸로 압니다. 아무래도 다른 유저들도 던전 위치를 판매할 우려가 있죠. 그 점

인정하신다고 보고요. 그럼에도 불구하고 던전이 사라지는 게 아니고 유지된다는 점을 감안해서 2,300만 원까지는 생각합니다. 괜찮으면 바로 쪽지 주세요.]

두 번째는 2,300만 원이었다.

"으아싸!"

환호할 수밖에 없는 수준이었다.

[내용 : 1,800만 원…….]

[내용 : 1,500만…….]

쪽지가 폭발했다. 조금씩 눈이 돌아가기 시작했다.

그래, 3천도 아까워. 적어도 3,500만 원, 아니, 그 이상도 가능하지 않을까.

욕심이 붙기 시작한다.

그래, 내 인생에도 대박 한 번 정도는 있어야지!

그래서 3천을 제시한 유저에게 거짓 답장을 보냈다.

[내용 : 죄송합니다. 현재 3,500까지 가격이 나왔네요.]

[내용 : 3,500이요?]

[내용 : 네.]

[내용 : 하아. 3,600까지는 의향이 있습니다.]

하늘곰은 주먹을 쥐었다.

좋았어!

하지만 여전히 만족할 수 없었다.

조금만, 아주 조금만 더.

아슬아슬한 밀고 당기기를 이어갔다.

[내용 : 더 이상은 안 되겠네요. 3,900. 여기까지입니다.]

그제야 하늘곰도 만족했다.

그래, 이 정도면 충분해!

남들 1년 연봉 이상을 한 번에 얻을 기회였다.

-하늘곰 : 좋습니다. 거래하죠.

-마야 : 당장은 안 됩니다. 1시간 뒤에 시간이 날 것 같네요.

-하늘곰 : 1시간이요? 시간이 없는데…….

하늘곰이 미간을 찌푸렸다. 지체하고 싶지 않았다.

-마야 : 음, 그럼 30분 정도만 기다려 주시죠.

-하늘곰 : 알겠습니다. 그럼 연락처 먼저 드리겠습니다. 010…….

-마야 : 조금 후에 연락드리죠.

그래, 30분 정도라면.

그렇게 위로하며 시간을 확인했다.

참으로 더디게도 흘렀다.

한편 3,900만 원이라는 거금을 사용할 예정인 마야 길드장은 길드원과 마지막으로 회의를 가졌다.

"정말로 괜찮겠지?"

"레벨 제한도 없는 던전이잖아?"

"응."

"사라지지도 않고."

"그렇지."

"보상도 꽤 좋았던 것 같은데? 길드원 전부 가서 괜찮은 템 얻으면 충분히 이득 볼 거야."

"후우, 그렇겠지? 일단 30분 시간 벌었으니까 조금만 더 생각은 해보자."

"좋아. 참, 사기 칠 가능성도 있으니까 직접 만나서 동사무소로 가서 주민등록증 주소랑 동사무소에 있는 주소랑 같은 건지 확인하고."

"아아, 그래야지."

길드장이 고개를 끄덕였다.

"큰돈이니까."

"맞아. 우리 자금 탈탈 털 거야."

"또 다른 건?"

"음, 실제로 사는 곳도 확인해야겠지."

"아아."

"통장 이름은 무조건 같아야 되고."

신경 써야 할 부분을 지적하는 것만으로도 30분이 지나 버렸다.

"그럼 갔다 올게."

"그래."

길드장이 몸을 일으키는 순간 길드 회의실의 문이 벌컥 하고 열렸다.

"길드장님, 부길드장님. 대박이에요, 대박!"

"뭐가 대박이라는 거야?"

"말로 설명하긴 길고요. 직접 봐요!"

"직접?"

"네, 옵션에서 홈페이지 켜봐요!"

"뭔 헛소리야. 옵션에서 어떻게 홈페이지를 켜?"

"어제 업데이트됐잖아요!"

"아, 그래?"

"네, 옵션 들어가면 홈페이지로 바로 향하는 거 있어요."

"어, 잠깐만."

길드장이 손을 놀렸다.

"와, 진짜네?"

"들어갔죠?"

"어."

"팁 게시판 핫이슈 들어가세요. 작성자는 K.Mu예요."

"무혁 님?"

"네! 어서요!"

"어어, 그래."

게시물 하나가 시야를 채웠다.

[제목 : 타임어택 던전, 그리고 위치.]

일루전을 즐기는 유저라면 제목만 봐도 손이 절로 향하게 되리라. 마야 길드장의 경우에는 지금 던전을 구매하려는 입장이었기에 더욱 그러했다.

"제발……!"

기도하면서 내용을 확인했다.

[내용 : 얼마 전에 새로운 컨텐츠를 발견했습니다. 던전이었는데 기존에 알고 있던 던전의 형식과는 그 궤를 달리하더군요. 시간을 정해두고 그 안에 반드시 클리어해야만 보상이 뒤따르는 일종의 타임어택 던전이었습니다. 생각보다 재밌었고 보상도 필드와는 비교할 수 없는 수준이라 한동안 죽치고 있었네요. 자세한 설명을 생략하겠습니다. 직접보는 게 더 확실할 테니까요. 일루전TV 동영상 링크 남깁니다. 아, 한가지만 말하자면 절대로 소수로 덤비지 마세요. 적어도 130레벨은 되어야 대미지를 입힐 수 있고 최소한 200명 이상은 꾸려서 가길 추천드립니다. 마지막으로 위치는…….]

글을 모두 읽은 마야 길드장이 외쳤다.

"대박이다!"

"뭐가 대박인데?"

부길드장이 물어왔다.

"직접 봐."

"아, 귀찮은데."

그러면서도 손을 놀리는 부길드장. 환호가 터졌다.

"이런, 미치도록 좋은 정보를 공유했다고?"

"그러니까!"

"우와, 진짜 대단하네. 게다가 이거, 거기 맞지?"

"맞아. 3,900만 원 주고 구입하려던 거기!"

"하, 하하……."

그야말로 초대박 정보였다. 핫이슈에서 랭킹 10위로. 몇 시간 만에 랭킹 3위로 치솟았다. 하지만 그 모습을 보면서도 마야 길드장은 만족하지 못했다. 무혁 본인이 아니었음에도 순위와 조회 수를 더욱 높이고 싶었다. 그가 느낀 감동은 다른 유저들과는 차원이 달랐으니까.

"그 돈 주고 샀으면 얼마나 후회했을까."

"그러게. 진짜 다행이다."

"무혁 님, 생각할수록 대단하네."

"응? 뭐가?"

"저런 정보를 그냥 게시판에 올렸잖아."

"에이, 팁 게시판도 조회 수당 2원씩 받잖아."

"그래도 판매하는 거에 비하면 푼돈이지."

"하긴……."

"뭐, 아무튼. 던전에 갈 준비부터 시켜. 난 잠깐만 나갔다 올 테니까."

"웅? 어, 그래."

마야 길드장은 자신의 SNS에 글 하나를 올렸다.

[다들 일루전 즐기시죠?ㅎㅎ 무려 새로운 형태의 던전 위치를 그냥 공개해 버린 무혁 님이 너무나 고마워서 이렇게 SNS에게 올려봅니다. 다들 공감, 구독, 퍼가기 부탁드려요^^ 그리고 조회 수도 조금이나마 오를 수 있도록 도와주세요!]

죽어버린 영화 시장이지만 간간이 영화는 나온다. 그 몇 개의 작품에 출연한 현존 최고의 인기 배우. 그가 올린 글이 빠르게 퍼지기 시작했다.

[퍼갈게요^^]

[제가 하는 블로그에 담아갑니다!]

[와, 오랜만이에요! 저도 일루전하고 있는데……!]

[요즘 영화는 안 찍으시나요?]

[기다리고 있어요.ㅠㅠ]

순식간에 공감, 퍼가기가 증가하는 걸 확인한 길드장은 그 제야 만족하며 홈페이지에 접속했다. 이후 던전 판매자에게 쪽지를 보냈다.

[내용 : 죄송합니다. 팁 게시판에 올라온 글로 인해서 던전을 구매할 이유가 사라졌네요. 그럼.]

쪽지를 확인한 하늘곰이 미간을 찌푸렸다.

"시발, 뭐야!"

팁 게시판에 올라온 글?

곧바로 확인했다. 작성자가 M.Ku라는 것도 발견했다.

무혁……!

서둘러 내용을 살폈다.

"이런, 빌어먹을!"

던전 위치를 판매하여 대박을 노리던 장대했던 계획이 허무하게 수포로 돌아갔다. 비단 그만의 일은 아니니라.

"이 개새……!"

"젠장 할!"

"하, 진짜!"

던전을 판매하려던 유저 모두가 무혁을 욕하고 있었다.

딱히 조회 수에 신경 쓰지는 않았다.

정말 많이 나와야 500만?

물론 그것만 달성해도 천만 원이라는 거금을 획득하는 거지만 던전을 판매하는 값에 비하면 큰 금액은 아니었다.

그래도, 뭐.

돈은 상관은 없었다. 그것보다 다른 유저들의 뻔뻔함을 치워 버릴 수 있어서 기분이 상쾌했다. 누가 뭐라고 해도 퀘스트를 받을 수 있었던 건 무혁이 있어서였으니까.

일단 밥이나 먹자.

방에서 나온 무혁은 어머니와 함께 밥을 먹었다.

"더 먹을래?"

"응."

"오늘 잘 먹네."

"맛있어서."

"일루전이라고 했었지? 그건 잘되고 있고?"

"그럼. 잘되고 있지."

"게임이란 게 썩 마음에 드는 건 아니지만 열심히 하렴."

무혁이 어머니를 쳐다봤다.

"엄마."

"응?"

"이번 주말에 일루전 해볼래?"

"일루전을?"

"어, 뭐 사냥 같은 건 할 필요 없고. 그냥 여행한다고 생각하고 근처 구경이나 할까 싶어서. 거기가 해외 여행가는 것보다 훨씬 더 좋을걸? 바다도 진짜 깨끗하고 볼거리도 많아. 그리고 제일 좋은 건 시간도, 돈도 안 든다는 거지."

여행에 공짜라는 단어가 붙었는데 그 유혹을 어찌 견디겠는가. 어머니의 눈빛이 단숨에 변했다.

"그렇게 예쁘니?"

"그럼. 아버지한테도 얘기해 봐."

"그, 그럴까?"

"응, 누나한테도. 어차피 몇 시간 정도만 구경할 거라서."

시간도 오래 걸리지 않는다.

좁은 비행기 공간에 탑승하여 이동할 필요도 없고.

큰돈이 드는 것도 아니었다.

그야말로 최고가 아닌가.

"알겠어. 얘기해 둘게."

얼떨결에 계획 하나를 잡아버린 무혁이었다.

제4장
밤부르크 산맥

　일루전에 접속한 무혁이 군마를 불렀다. 워프 게이트가 있는 곳으로 이동하면서 영지의 상태를 확인했다.

　　이름 : 무혁
　　작위 : 준남작
　　영지 : 칼럼 마을
　　인구수 : 871명
　　영지 명성 : 7
　　치안 상태 : 극히 나쁨
　　발전도 : 최하

　인구수가 줄어들고 치안이 나쁨에서 극히 나쁨으로 바뀌었다.

응? 뭐야. 서둘러야겠는데?

몬스터의 침입, 혹은 약탈꾼의 침입. 둘 중에 하나이리라.

워프 게이트 줄을 선 채 기다렸다. 순서가 금방 왔다.

"어디로 이동하시겠습니까?"

"아벤소 마을로 가죠."

가격을 치른 후 워프 게이트에 올랐다.

화아아악.

빛이 끝난 후 아벤소 마을에 도착한 무혁은 한산한 마을을 벗어나 몬스터가 등장하는 곳을 질주했다. 당연히 덤벼드는 몬스터는 무시했다. 빠른 속도로 지나쳤지만 그럼에도 불구하고 죽음을 불사한 채 덤벼드는 녀석에게는 귀찮은 마음을 가득 담아서 화살을 쐈다.

파앙!

날아간 화살이 달려드는 몬스터의 미간에 꽂히고.

[경험치를 획득합니다.]

한 방으로 즉사시킬 수 있었다.

더 빨리 가자.

군마가 호응하듯, 푸르릉거렸다.

속도 역시 높아졌고. 대략 1시간 정도를 내달렸을 즈음.

칼럼 마을, 직접 다스려야 할 그곳에 드디어 도착했다.

마을의 상태가 좋아 보이지 않았다. 좋을 수가 없겠지만. 그래도 이 정도까지 피폐한 상황일 줄이야.

서둘러 안으로 들어갔다. 경비를 서는 NPC마저 없었다.

"허어."

돌아다니는 사람도 보이지 않았다. 조금 더 마을 내부를 거 닐었는데 중긴 그음에 도차하고서야 구석에 쪼그려 앉아 있는 꼬마 아이 한 명을 발견할 수 있었다.

아이가 다가오는 무혁을 빤히 올려다봤다.

"아저씨, 여기 있으면 안 돼요."

"응? 무슨 소리야."

"여기 있으면 다 죽어요."

"다 죽다니?"

"우리 엄마, 아빠처럼 다 죽는다구요. 여기서 도망쳐요."

무혁은 순간 할 말을 잃어버렸다.

"넌?"

"저는 지켜야 돼요."

무혁은 침묵하다 간신히 입을 열었다.

"부모님은 어떻게 돌아가셨니?"

"절 지켜주시다가요."

"누구한테서?"

"며칠 전에 나타난 몬스터한테요."

마을의 인구가 줄어든 이유가 밝혀졌다.

몬스터가 침입했구나.

위협이 항시 존재하는 마을. 주변을 살펴봤다.

그럴 수밖에. 정문도 제대로 지켜지지 않는데 다른 곳이라고 멀쩡할까.

게다가 위치도 좋지 않아서 동, 서, 남, 북 네 방위 모두가 몬스터 출몰 지역에 가까웠다.

고개를 내리고 다시 사내아이를 쳐다봤다.

"난 괜찮아."

"왜요?"

"강하거든."

"강해요? 몬스터보다 강해요?"

"그래, 강해."

아이의 눈이 커졌다.

"그럼, 물리쳐 줄 수 있어요?"

그 순간 퀘스트가 떠오른다.

[칼럼 마을, 꼬마의 부탁]

[칼럼 마을을 살아가는 꼬마가 몬스터를 물리쳐 달라고 부탁했습니다.]

[승낙할 경우 : 사탕.]

[성공할 경우 : 없음.]

멍하니 있으니 사내아이가 품을 뒤적거렸다.

"여기, 이거 드릴게요."

"아……"

"사탕이에요. 엄마가 아껴서 먹으라고 줬던 건데……."

아이의 눈이 붉어진다.

"형이 몬스터 물리쳐 주면 줄 수 있어요."

그러곤 뜨겁게 쳐다본다.

"제발 없애주세요, 몬스터. 복수, 해주세요."

봉투도 까지 않은 사탕 하나. 그리고 담긴 열망.

도저히 뿌리칠 수가 없었다.

"그래, 해줄게."

"정말요?"

"정말로."

[퀘스트 '칼럼 마을, 꼬마의 부탁'을 수락합니다.]

아이가 크게 외쳤다.

"고맙습니다!"

"그런데 내가 복수를 했는지 안 했는지 어떻게 알아볼 생각이지?"

"해줄 거라 믿어요."

"그냥, 믿는다고?"

"네, 믿을게요. 그러면, 힘을 낼 수 있을 거 같아요."

"……."

잠시 아이를 바라보다 뒤늦게 물었다.

"그래, 믿고 있으렴. 그런데 복수를 하려면 촌장님도 만나야 하는데, 위치가 어디지?"

"저기 중앙에 있는 집이에요."

"고맙다."

촌장의 집은 다른 곳보다 더 낡은 상태였다. 조심스럽게 문을 두드리자 금방이라도 쓰러질 것만 같은 소리를 내며 문이 열렸다.

"누구신가."

나이가 지긋한 노인이 얼굴을 내밀었다.

"앞으로 이곳, 칼럼 마을을 맡게 된 무혁입니다."

그러면서 문서를 하나 건넸다.

촌장은 문서를 읽어 내려갔고.

"오오……!"

눈이 커지더니 무혁에게 인사하기 위해 몸을 일으켰다.

"괜찮습니다."

"그래도……."

"정말 괜찮습니다. 어차피 이방인인 걸요."

"이방인이셨군요."

"네."

"그래도 이제 촌장님이 되셨으니 인사는 올려야지요. 라카크입니다."

순식간에 위치가 바뀌어버렸다.

촌장이었던 라카크가 일반 시민으로, 무혁이 촌장으로.

아무튼 정식으로 인사를 하지는 않고 한쪽 무릎을 꿇는 것으로 대신했다. 이후 다시 편안하게 앉은 라카크와 마주한 무혁이 여러 가지를 물었다.

"……어떤가요?"

"몬스터의 침입, 재정악화, 무엇보다도 치안이 좋지가 않습니다."

"으음."

이미 충분히 예상하고 있던 것들이다.

"뭐를 가장 먼저 해결해야 할까요."

"일단 먹고 마셔야겠지요."

먹을 것도 없다는 소리였다.

"그게 우선이 되어야만 뭐라도 할 수 있습니다."

먹어야 힘이 난다. 힘이 있어야 일도 할 수 있다.

먹을 것이라.

그 문제를 해결하기 위해서라도 일단 주변에 뭐가 있는지부터 파악해야 할 것 같았다.

뭔가 있으면 좋겠는데.

"30분 정도 뒤에 오겠습니다."

"알겠습니다, 촌장님."

촌장이라고 불리는 게 낯이 간지러웠지만 어쩌겠는가. 익숙해져야지.

라카크의 집에서 나선 후 주변을 돌아다녔다. 동시에 설정에 들어가 일루전 홈페이지에 접속한 후 투명도를 적당하게 맞췄다.

지도 검색. 상세 설정 칼럼 마을.

칼럼 마을과 그 주변 지형지물이 나타났다.

"흐음."

천천히 살펴보니 위쪽으로는 넓은 토지가 보였다. 그 주변에는 당연히 몬스터가 우글거릴 테고.

그나마 몬스터의 수준이 낮은 게 다행이랄까.

오른쪽으로 향하면 헤밀 제국에 속한 다른 마을이 나타나고 아래로 내려가면 함마 왕국에 속한 마을이 등장한다.

그 사이사이에 속한 몬스터는 꽤 강한 녀석들이었다.

왼쪽은 산이네.

산의 이름은 밤부르크였다. 밤부르크 산맥.

밤부르크……?

무혁은 순간 무언가 떠오를 듯, 떠오르지 않는 희미한 기억한 자락을 캐치했다.

으으, 뭔가 있었던 거 같은데.

엄처 대단한 건 아니지만 그래도 이슈가 되는 수준.

딱 그 정도의 무언가.

"아……!"

밤부르크 산맥에 있는 게 뭔지 기억났다.

철광산! 작지만 알찬 광산 하나가 그곳에 있었음을 떠올린 것이다. 가장 흔하기에 쉽게 떠올리지 못했지만 또한 그렇기에 가장 기본이 되는 광석. 철.

맞아, 분명해. 그것만 개발한다면…….

영지 발전에 있어서 꾸준한 힘이 되어주리라. 하지만 개발을 위해선 인력이 필요하고 그 인력을 움직이게 만들 식량이 기본적으로 구비가 되어야만 한다.

북쪽 토지를 사용하면 안 되나. 몬스터 문제가 있긴 한데. 지도를 보면서 멋 가지를 생각한 후 다시 라카크를 찾았다.

"오셨군요, 촌장님."

"네."

그와 마주한 후 생각했던 몇 가지를 꺼냈다.

"북쪽 토지라……."

"네, 거기에 뭐라도 심어서 키우면 괜찮지 않을까요?"

"확실히 땅은 비옥합니다. 다만 몬스터가 주변에 너무 많아서, 그게 문제지요."

"몬스터는 제가 처리하죠."

"촌장님께서요?"

"네."

"으음, 몬스터 문제만 해결된다면야 못할 것도 없지요."

"그럼 일단 몬스터부터 처리하고 오죠. 확실하게 처리할 테니 그건 걱정하지 마시고 북쪽 토지에 뭘 심을지, 뭐가 가장 좋을지 생각해 주세요. 그리고 몬스터를 처리한 후에는 목책을 만들고 세워야 하니 작업 할 인원도 모아주세요."

"알겠습니다."

무혁은 인벤토리에서 금화를 꺼내기 전, 라카크의 상태를 확인했다.

이름 : 라카크

레벨 : 10

직업 : 무

직위 : 무

충성도 : 상

특기 : 재무 관리

다행히 충성도도 높았고 특기도 마음에 들었다. 나이에 비해 정정해 보이기까지 했으니 한동안은 마을 관리를 상의해도 될 것 같았다.

"크흠, 이거 받으세요."

"이건……?"

"얼마 안 됩니다. 50골드예요."

"50골드……!"

작은 마을에서 50골드는 생각보다 큰돈이었다.

"이걸로 한동안 먹이고 하세요. 그동안 땅을 경작해서 뭐든 해보죠."

"아……."

라카크의 눈이 커졌다.

"정말 다행입니다."

낮은 목소리로 읊조렸지만 무혁의 귀에는 들렸다.

"아주 멋진 분이 저희 마을에 오셨군요. 마을 사람들도 조금은 사람답게 살아갈 수 있을 것 같습니다. 감사합니다."

멋쩍어진 무혁은 헛기침을 하며 집을 나섰다.

다시 한번 영지 상태창을 열었다. 칼럼 마을을 꾸욱 누르자 상세 정보가 떠올랐다. 그걸 무시한 채 가장 아래로 시선을 내리지 촌장만 받을 수 있는 퀘스트가 보였다.

[칼럼 마을 사람을 먹여라]

[칼럼 마을에 상주하는 871명은 제대로 된 끼니도 챙기지 못하는 상황이다. 하루라도 좋으니 그들이 배불리 먹을 수 있게 하라.]

[성공할 경우 : 영지 명성 증가, 시민 충성도 증가.]

이미 라카크에게 돈을 맡겼으니 지금 보는 퀘스트도 수행이 가능하리라.

[퀘스트 '칼럼 마을 사람을 먹여라'를 수락합니다.]

이후 몇 개의 퀘스트를 넘겼다.

찾았다.

사냥 퀘스트를 발견했다.

[칼럼 마을을 위협하는 몬스터들]

[칼럼 마을은 언제나 몬스터의 위협에 놓인 상태다. 몬스터를 처리하여 마을에 깃든 불안과 공포를 지워라. 몬스터를 많이 잡

을수록 보상 역시 증가한다.]

　[성공할 경우 : 영지 명성 증가, 시민 충성도 증가, 활기 증가.]

　지금 바로 북쪽 영토 주변에 위치한 몬스터를 모두 처리할 생각이었기 때문이다.

　"군마 소환."

　북쪽으로 나아가자 비옥한 영토가 나왔다. 주변을 둘러보니 몬스터 다수가 주변을 어슬렁거리고 있었다.

　유저는 거의 없었다. 몬스터의 수준이 낮아서이리라.

　뭐, 상관은 없지. 남쪽과 서쪽 산맥에서 등장하는 몬스터가 강한 편이었으니까.

　마을을 성장만 시킨다면 놈들을 사냥하기 위해서 유저들이 절로 모일 것이다. 그 유저들로 인해 돈이 돌 것이고 자연스럽게 마을은 보다 더 커질 것이다.

　"스켈레톤 소환. 자이언트 외눈박이 소환. 어둠 소환."

　잡념을 떨치고 소환수를 불러낸 후 사방으로 보냈다.

　쓸어버려.

　명령을 내린 후 자리에 앉아 제작 도구를 꺼냈다. 이어지는 몬스터의 절규를 음악삼아 무혁은 망치를 휘둘렀다.

　오늘 홈페이지에 오른 게시물 하나의 조회 수가 심상치 않은 속도로 상승했다.

5위, 4위, 3위. 순식간에 1위까지 치솟아버렸다.

-ㅋㅋㅋ, 조회 수 봤어요?

-네, 미친 듯ㅋㅋ

-이거 거의 역대급 아닌가요?

-역대급이죠. 리얼.

누군가가 스크린샷을 올렸다.

-보이세요?ㅋㅋㅋㅋ

-와, 몇 시간 전에 올라온 게시물 조회 수가 벌써 80만이라니…….

-몇 시간 만에 160만 원 버셨네요.

-클라스가 다름…….

-근데 저 엄청난 정보를 그냥 팁 게시판에 올린 거, 대단하지 않나요?

-대단하죠.

-ㅋㅋㅋ 뭐, 다른 유저가 판매하려고 하니 별수 없었겠죠.

-하긴……ㅋㅋㅋ

-님들, 죄송한데 제가 오늘 들어와서요. 이거 던전 향할 때 일루전 TV로 보면 위치 파악 가능하지 않았나요?

-이동할 때는 꺼졌었어요.

-일부러 껐나 보네요.

-그렇겠죠, 아무래도 중요한 정보니까요.

-○○, 던전 도착해서 다시 켰음.

다시 스샷이 올라왔다.

-잠깐 사이에 조회 수 83만 달성!

-ㅋㅋㅋㅋㅋㅋㅋ

-이 와중에도 제작하는 무혁 님.

-독함…… ㅋㅋ

이런저런 이야기가 끝도 없이 튀어나왔다.

-그러고 보니 무혁 님이 최초의 귀족인가요?

-최초는 아닐걸요. 영지를 하사받은 건 최초일 겁니다.

-진짜 엄청나네요.ㅎㅎ

-마을이 작기는 한데 저거 키우면 나중에 끝내주겠죠?

-당연한 소리인 듯요.

-세금만 해도……ㅋㅋ

-요즘 정말 무혁 님 보는 거 재밌네요.ㅎㅎ

-마을 커지는 거 보는 것도 재밌을 듯.

-ㅇㅈ

-앞으로 또 얼마나 재밌는 게 나오려나…….

-음, 정보 하나 드릴까요?

-네! 주세요!

-냠냠!

-최상위 길드는 지금 새로운 콘텐츠를 준비 중이라고 하더군요.

-새로운 컨텐츠요?

-네, 흥미롭죠?ㅎㅎ

-으음, 궁금하긴 하네ㅛ.

-근데 확실한가요?

-뭐, 저도 그냥 들은 정보라 100퍼센트 그렇다고 말하긴 어렵네요ㅎㅎ

-나름 인맥 있으신 듯…….

-ㅎㅎ, 조금요.

그 와중에도 무혁은 여전히 제작 중이었다.

까앙, 캉!

소환수들이 주변 몬스터를 압살하는 상황.

키아아아아악!

몬스터들이 절규하는 와중에도 손이 멈추지 않는다.

참으로 지독했다.

2시간 정도가 흘렀을 즈음.

"후우."

드디어 무혁이 제작을 멈추고 몸을 일으켰다.

주변을 둘러본 그가 만족스럽게 웃었다.

깔끔한데?

몬스터가 단 한 마리도 보이지 않은 탓이었다. 물론 조금 시간이 지나면 리젠이 되겠지만 그전에 목책을 세워 마을과 잇

는다면 1주일 동안은 몬스터가 나타나지 않는 안전지역으로 변하게 된다. 이런 사소한 정보가 모두 힘이 되는 것인데 무혁은 영지에 관한 정보를 꽤 기억하고 있는 상태였다.

'몬스터 나타나면 계속 처리해.'

지휘 권한을 얻은 네 마리 스켈레톤 덕분에 어렵게 명령을 내려도 수행이 가능했다. 마을까지의 거리가 그리 멀지가 않아서 시야 확보 스킬도 유지될 것이다. 안심하고 마을로 돌아가니 준비를 마친 라카크가 기다리는 중이었다.

"오셨습니까."

마른 사내 수십 명이 그의 뒤에 있었다.

"다들 인사드려라. 촌장님이시다."

사내들이 우물거리며 나섰다.

"바, 반갑습니다."

"어서 오십시오."

확실히 상태가 좋아 보이지 않았다.

"밥은 드셨습니까?"

"예?"

"아뇨, 아직……."

그에 무혁이 라카크를 쳐다봤다.

무언의 질문이었다.

왜 아직도 밥을 먹지 않았냐고.

그가 난감한 표정을 지으며 대답했다.

"음식이 그리 많지가 않습니다. 아껴서 먹어야 해서……."

"제가 드린 돈은요."

"아, 식재료를 구입하기 위해선 다른 마을로 인원을 보내야 하는데 거기까지 가려면 준비를 해야 합니다. 내일 정도는 되어야 출발이 가능할 것 같습니다."

"이런."

미처 생각하지 못한 부분이었다.

"흐음, 그럼 별수 없죠. 제가 가져올 수밖에."

"예?"

"어쩌시려는……."

무혁이 웃으며 인벤토리에서 각종 요리 도구와 재료들을 꺼냈다. 혹시 몰라서 대량으로 구입해 뒀던 식재료이기에 이들을 먹이기엔 부족하지 않으리라. 게다가 요리 스킬 레벨이 16이었기에 맛 역시 보장할 수 있었다.

"이, 이건……."

갑자기 나타난 도구와 식재료에 라카크는 물론 모인 사내들의 눈이 커졌다.

"그럼 시작하죠."

무혁이 손을 바삐 움직이기 시작했다.

순식간에 향이 올라왔다.

꿀꺽.

사내들이 침을 삼켰다. 라카크도 예외가 아니었다.

"허, 허허. 이 나이에 주책을……."

그 정도로 코를 자극하는 강력한 냄새였다.

단기간에 많은 양이 가능한 고기 스프가 만들어지고 추가로 거대한 빵 사이사이에 야채와 고기를 넣은 빅 샌드위치가 완성되었다. 빅 샌드위치가 잘려 나가면서 꽤 많은 조각으로 나뉘었다. 스프와 미니 샌드위치 하나씩을 사람들에게 나눠 줬다.

"감사히 먹겠습니다."

"자, 잘 먹겠습니다!"

한 사람씩, 차례대로. 받은 음식을 소중하게 들고서 맛을 본다.

"아아……!"

황홀한 표정을 짓는 사람들. 아직 먹지 못한 사람들은 당장에라도 달려들 것처럼 혈안이 된 상태였다. 하지만 그 욕심을 억누른 채 가만히 자신의 순서를 기다렸다.

"맛있게 드세요."

"가, 감사합니다!"

시간은 꽤 걸렸지만 목책을 세울 사내들을 모두 먹일 수 있었다. 추가로 라카크까지.

[마을 사람들 일부의 충성도가 상승합니다.]

먹는 것만으로도 충성도가 올랐다.

뭐, 당연한가. 기본이지만 가장 중요하고. 또 이들에겐 가장 절실한 것이었을 테니까.

그사이 마을 사람들이 조금씩 모였다. 냄새를 맡고 나온 것이다. 어린아이가 특히 많았는데 함부로 다가오지는 않았지만 두 눈에는 갈망이 있었다. 극한까지 이른 허기를 채우고픈 갈망.

요리에 집중한 탓에 이제야 그 사실을 깨달은 무혁이었다. 사내들도 허겁지겁 음식을 먹다가 시선을 받고서야 사태를 깨달은 모양이었다. 그들은 남은 음식을 사람들과 조금씩 나눠 먹었다.

이런……

남은 식재료를 확인해 봤다. 모인 사람들도.

재료가 많이 모자랐다. 혹시 몰라서 상당량 구입해 왔는데도 불구하고 말이다.

간은 부족하겠지만, 별수 없지. 양을 늘릴 수밖에.

무혁의 손길이 더욱 바빠졌고 덩달아 스프의 양이 순식간에 불어났다. 깊은 맛은 사라졌지만 허기를 때우기에는 부족함이 없었다.

"전부 와서 음식 받아가세요."

"그, 그래도 되나요?"

"네, 됩니다."

앞으로 이 작은 마을을 책임지고 키워 나갈 생각이니까.

[마을 사람 전원의 충성도가 상승합니다.]

이 정도 투자는 개의치 않아도 되는 수준이었다. 일루전에서 식재료의 값은 상당히 싼 편이었다. 그렇다고 해서 퍼주고, 또 운영에만 집중할 생각은 아니었다. 신경을 쓰는 건 자리를 잡는 초반까지. 이후에는 그냥 두어도 알아서 성장하리라. 성장하면서 나오는 세금의 일부는 무혁의 몫이 되는 것이고 그 돈을 받으면서 무혁은 사냥에 집중하면 된다. 그러다 기다리는 콘텐츠가 등장하면 그때 나타나 압도하면 되리라. 지금은 그날을 위한 준비였다.

일을 하기 위해 모였던 사내들은 이미 스프를 다 먹은 상태였다.

"이제 일하러 가실까요?"

"아, 예!"

"물론입니다!"

다들 무혁을 깍듯하게 대했다.

"기왕 하는 거 마을 전체에 목책을 세우도록 하죠."

"전체에 말입니까?"

"네, 마을이 작으니 금방 끝날 거예요."

"알겠습니다."

"시작하죠, 그럼."

"네!"

"알겠습니다!"

사내들이 움직이기 시작했다. 누군가는 미리 준비한 목책을 마을 외곽에 세웠고 일부는 목책을 만들기 시작했다.

그 과정에서 무혁은 사내들을 관찰했는데 유독 한 명만이 남들보다 배는 빠른 속도로 움직이고 있었다.

그에 흥미가 동한 무혁이 사내를 집중해서 바라봤다.

이름 : 요한

레벨 : 25

직업 : 목수

직위 : 무

충성도 : 중상

특기 : 목공

감탄이 나왔다.

"호오……."

직업으로 목수, 특기로 목공을 지닌 사내였다. 저 사내를 활용한다면 목수 길드를 건립할 수 있다. 당연히 그 길드에서 목수 직업을 얻게 되면 사내들의 작업은 한층 더 빨라지게 될 것이다. 앞으로 세울 많은 건축물을 생각한다면 필시 있어야 할 직업이었다.

지금 당장은 안 되겠지만. 마을에 자금이 없었으니까.

요한에게 다가갔다.

"실력이 좋으신데요?"

"예? 아, 촌장님. 가, 감사합니다."

"계속 열심히 해주세요."

"물론입니다!"

그 순간 메시지가 떠올랐다.

[요한의 충성도가 중상에서 상으로 바뀝니다.]

이런 단순한 것으로도 충성도가 오를 줄이야.

다른 사람들도?

그런 의문과 함께 다가갔다.

"열심히 하시네요."

차마 잘한다고는 말하지 못했다.

"아, 감사합니다!"

"이대로만 해주세요."

"네!"

하지만 아쉽게도 충성도가 오르지 않았다.

왜지?

상태창을 확인해 보니.

이름 : 호반

레벨 : 15

직업 : 무

직위 : 무

충성도 : 상

특기 : 무

충성도가 이미 상이었다.

상부터는 올리기가 꽤 어려우니까.

다른 사람에게 다가갔다. 중상의 충성도를 지닌 상태였다.

"아주 열심히 하시네요."

"감사합니다!"

칭찬을 했지만 이번에도 충성도는 오르지 않았다.

쩝, 역시.

NPC라고는 하지만 실제 일루전 속을 살아가는 사람들. 그들은 스스로가 진짜 사람이라 믿고 있다. 그러한 만큼 충성도가 다르게 오르는 것도, 그 충성도를 올릴 조건을 찾는 것도 모두 다른 게 당연한 일이었다.

"자, 서두를 필요는 없습니다. 대신 정확하게, 오차 없이 해 주세요."

"예!"

"알겠습니다!"

2시간 정도 작업했을 무렵. 드디어 마을 외곽을 목책으로 모두 세울 수 있었다.

[목책을 완성합니다.]

[7일간 목책 주변이 안전지대로 적용됩니다.]

곧바로 북쪽으로 향해 입구부터 다시 목책을 세우며 나아갔다. 스켈레톤이 리젠된 몬스터를 다시 처리한 뒤였기에 위협은 없었다. 자연스럽게 속도가 붙었지만 그것도 잠시. 또다시 몬스터가 리젠되었다.

키아아아악!

괴성과 함께 놈들이 들이닥쳤다.

"으, 으허어어억!"

"사, 살려줘!"

놀란 사람들은 넘어지거나 허우적거렸다. 일부는 도망치려 했고 일부는 싸우려고 했다.

하지만 그들 모두가 같은 생각을 했다.

곧 죽겠구나.

물론 그들이 걱정하는 일은 발생하지 않았다. 이미 자리를 잡고 있던 스켈레톤들이 순식간에 몬스터를 지워 버린 덕분이었다. 자이언트 외눈박이의 활약이 가장 두드러졌는데 덕분에 아무런 피해가 발생하지 않았다.

"괜찮습니다."

"아……."

"몬스터는 제가 처리할 겁니다. 아무 걱정 하지 않아도 됩니다. 놀랐을 테니 5분만 쉬고 다시 작업을 시작하죠."

사람들은 휴식을 취하며 상황을 이해했다.

"저, 저것들이 전부……."

"촌장님이 부리는 것들이겠지."

"정말 대단한 분이시구나."

"부디 오늘만 같기를."

그 순간 또 중상에 머물러있던 일부 사람들의 충성도가 상으로 올랐다. 그렇다고 휴식 시간을 더 줄 순 없는 법.

"자, 다시 시작합시다."

"예!"

곧바로 작업을 이어갔다.

키아아악!

또다시 나타난 몬스터. 여전히 놀랐는지 공포에 젖은 표정들을 지어 보였지만 처음보다는 양호했다. 그렇게 몇 번을 반복하다 보니 이젠 몬스터의 괴성이 들려도 사내들은 슬쩍 바라보기만 할 뿐, 두려워하지 않게 되었다.

작업에 속도가 붙었고 목책이 대부분 세워졌다. 마지막 하나를 연결하는 순간 알림 메시지가 떴다.

[목책을 완성합니다.]

[7일간 목책 주변이 안전지대로 적용됩니다.]

겨우 한시름 놓게 되었다.

"후우, 다 됐네요."

"고생하셨습니다."

"고생은 모두가 했죠. 돌아가서 좀 쉬도록 하죠."

"네!"

스켈레톤을 모두 마계로 이동시킨 후 군마를 소환했다. 사람들을 태운 채로 이동하니 마을까지 금방이었다. 노동한 사람들을 집으로 돌려보낸 후 라카크를 만나 필요한 물건이 무엇인지를 확인했다.

"먼저 전에 주셨던 50골드는 다시 드리겠습니다. 본래는 제가 직접 갔어야 했는데, 정말 죄송합니다. 이 돈으로 일단 곡류로는 콩, 수수, 밀, 옥수수와……."

"다른 건요?"

"음, 작은 마을이지만 그래도 쓸 만한 인재가 많습니다."

"그렇더군요."

"해서 그들이 필요로 하는 물건도 구해주시면 아주 유용할 것 같습니다."

고개를 끄덕이는 무혁이었다.

확실히…… 목수에게 제대로 된 도구만 쥐여줘도 작업 속도가 훨씬 빨라질 것이 분명했다.

"그럼 다녀오죠."

"조심해서 다녀오십시오, 촌장님."

군마에 탑승한 채 속도를 높였다.

바람이 얼굴을 때린다. 시원함에 절로 미소가 그려졌다.

빠르게 스치는 유저들. 그리고 몬스터.

키아아아악!

무시한 채 속도를 더 높였고.

"후우."

가장 가까운 대도시에 도착할 수 있었다.

일단 곡물부터.

곡물 상점으로 향했다.

"어서 오십시오."

"네."

"필요하신 거라도?"

라카크가 언급했던 씨앗들을 구입했다.

"5골드입니다."

"여기요."

"감사합니다."

이건 토지에 심을 것들이고, 당장 먹을 것도 필요했다.

식품 상점으로 향해 돈을 조금 더 투자하여 오랫동안 먹을 수 있는 음식을 구입했다. 마을 내부에 있는 작은 토지에서 나오는 곡식과 가끔 잡히는 동물의 고기만으로는 부족한 것들을 채우기 위해서였다.

자, 다음은…… 마을을 발전시키기 위해 필요한 물건을 구입할 차례.

잡화점에 있겠지.

갖가지 도구가 들어 있는 고급 목공 상자 5개와 농사에 필요한 도구들.

또 뭘 사지?

고민은 잠깐이었다.

그냥 다 사지, 뭐.

괜찮아 보이거나 혹은 필요하다 싶은 물건들을 그냥 죄다 쓸어 담았다.

"19골드입니다."

그럼에도 부담될 정도의 가격은 아니었다. 유저들이 사용하지 않는 물건이라 가격이 NPC의 기준에 맞춰진 탓이었다.

이 정도면 되겠지?

충분히 구입했다고 여긴 무혁은 다시 마을로 향했다.

"벌써 다녀오신 겁니까?"

"네."

"허허……."

무혁은 곧바로 물건들을 꺼냈다.

"이, 이렇게나 많이……."

"이 정도면 되겠죠?"

"그럼요. 충분합니다."

"다행이네요."

"저는 청년들과 함께 씨앗을 좀 심고 오겠습니다."

"전 좀 쉬어야겠습니다."

라카크가 사람들과 함께 이동하는 것을 지켜본 후 로그아웃을 했다. 밤이 늦은 시각이라 이제 잠을 청해야 할 것 같았기 때문이다.

목책도 있으니까. 몬스터의 위협은 없을 것이 분명했다.

걱정을 내려놓은 채 캡슐에서 나왔다.

잠에서 깬 무혁은 운동을 하고 아침을 먹은 후 일루전 홈페이지에 접속했다. 팁 게시판 1위에 오른 본인의 게시물 조회 수를 바라보며 눈을 비볐다.

잘못 봤나?

분명히 어제 글을 올렸다.

날짜가……

다시 확인해 봐도 분명했다.

그런데, 벌써.

"조회 수가 200만이라고?"

몇 번을 확인해도 마찬가지였다.

"허어."

이렇게 팁 게시판이 활발했었던가.

의문이 들었다. 그래서 댓글을 확인해 봤다. 너무 많아서 하나씩 모두 보는 건 불가능했지만 대충대충 넘기면서도 특별한 단어를 찾는 건 충분히 가능했다.

예를 들자면 'SNS'.

┗미나리 : 와, P북에서 유명세 타고, 인터넷 뉴스에까지 나와서 그런가 조회 수 상승 속도가 어마어마하네요. 이대로 흐르면 1주일 안으로 500만은 그냥 찍을 듯.

　┗전자파 : 아, P북이랑 블로그에도 있었어요?

　　┗미나리 : 네. 왜요?

　　　┗전자파 : 저는 U투부 보고 왔거든요ㅎㅎ

　　┗미나리 : 아무래도 정보가 워낙 대단하다 보니 많이 퍼뜨리나 보네요.

　　　┗전자파 : 그러게요.

└**캡틴** : 전 방송 보고 왔는데……

　└**전자파** : 헐, TV에서도 했어요?

　　└**캡틴** : 네, 일루전 방송에서 다 지금 이 정보 때문에 난리더라고요.

└**전자파** : 그럴 만하죠ㅋㅋ

그제야 상황이 파악되었다.

"아아……"

확실히 방송, SNS, 인터넷 뉴스, 블로그, U투부를 통해 퍼졌다면 이런 상승세도 이해가 되었다. 아무래도 일루전TV를 통해서 지켜보던 이들 역시 꽤 도움이 되었으리라.

의외의 효과인데?

사실 다른 유저가 던전 위치를 판매하는 게 못마땅해서 그냥 지른 거였다. 1, 2개월에 걸쳐서 조회 수를 찍어봐야 기껏해야 500만 정도라고 예상했다. 그런데 지금 상승세를 보면 적어도 1천만은 넘길 것 같았다.

2천만 원의 수입이 생기는 것이다.

"흐음."

이렇게 되니 고민이 되었다.

마을에 좀 더 투자를 해?

현금을 골드로 바꿀 필요는 없었다. 이미 일루전 캐릭터 인벤토리에 700골드 정도의 자금이 있었으니까. 그 정도로 조회수 급증에 기분이 좋아진 무혁이었지만 곧바로 철광 개발을 떠올리고는 조금 더 상황을 지켜보기로 결정을 내렸다.

음, 유료는 좀 나왔나?

개인 정보로 들어가서 정산 금액을 확인해 봤다.

[유료 게시판]

[지난 달 정산 금액 : 6,111,750원]

[이번 달 정산 금액 : 2,898,000원]

몬스터 공략법이 지금도 꾸준히 팔리고 있었다. 지난 달 정산은 이미 몇 차례 확인을 했던 것이기에 넘어갔고 이번 달에 집중했다. 아직 중순임에도 300만 원 가까이 되었다.

유료 게시판으로 인해서 고정 수익이 생기다 보니 마음에 여유가 생겼다. 웃으며 몬스터 공략법 하나를 작성했다.

오랜만에 하나 올려볼까.

[제목 : 112레벨 몬스터, 거대 코끼리 공략법]

[내용 : 거대 코끼리는 파괴력이 월등해서 한 번만 제대로 공격을 당해도 강제로 로그아웃을 당할지도 모른다. 게다가 높은 파괴력만큼이나 방어력 역시 뛰어나서 쉽사리 공격이 먹히지 않지만, 대신 그만큼 움직임이 느리다는 단점이 있다. 또한 거대 코끼리는 감각보다는 눈으로 상황을 파악하는 면모가 있다. 이런 특색을 지닌 거대 코끼리를 쉽게 사냥하기 위해서는 먼저 정령이 필요한데, 정령사가 소환한 정령을……]

이후 홈페이지를 조금 더 둘러보면서 현재 일루전의 흐름을 대략적으로 파악했다.

흐음, 아직은 멀었나?

스토리상으로 보자면 이제 곧, 머지않아 길드전 콘텐츠가 열리게 될 것이다. 그 길드전에 참여하기 위해서라도 마을을 빠르게 발전시킬 필요가 있었다.

길드전 보상이 꽤 쏠쏠하지.

정리를 끝내고 일루전에 접속하려는데 휴대폰이 울렸다.

"여보세요."

-어, 받네?

"방금 접속하려고 했었지."

-와, 다행이다. 안 늦었구나. 나 퀘스트도 끝나서 이제 시간 나거든. 오빠 요즘 일루전에서 뭐하나 싶어서 전화했어.

"아아, 나 마을 키우고 있어."

-마을? 귀족 되면서 받은 거?

"응."

-그럼 내가 가서 할 게 있을까?

"할 거는 없고. 그냥 적당히 사냥할 곳이 있기는 한데."

-진짜?

"응, 근데 효율이 좋지는 않아."

-괜찮아. 오빠만 볼 수 있으면 되지, 뭐. 나 거기로 갈게!

"그래, 밤부르크 산맥 초입에서 사냥하고 있을게."

-응, 조금 있다가 봐!

"그래."

통화를 끊자 이번에는 문자가 왔다.

성민우였다.

[성민우 : 야, 뭐하냐.]

[무혁 : 마을 키운다.]

[성민우 : 어디?]

[무혁 : 칼럼 마을.]

[성민우 : ㅇㅋ.]

[무혁 : 왜?]

[성민우 : 심심해서.]

[무혁 : 와도 할 거 없음.]

[성민우 : 괜찬.]

[무혁 : 그럼 마음대로. 난 밤부르크 산맥.]

기다려도 답장이 안 와서 휴대폰을 놓으려는데 다시 진동
이 왔다.

"으음?"

성민우가 아닌 또 다른 사람이었다.

[정선입 : 형, 어디세요⋯⋯?]

[무혁 : 왜?]

[정선입 : 화살 다 떨어져서요⋯⋯.]

[무혁 : 헤밀 제국 칼럼 마을 밤부르크 산맥으로 와라.]

[정선입 : 네…….]

정선입, 그는 다름 아닌 루돌프였다.

"이거, 참."

투명 화살을 복제하기 위해 찾아온다는 소리였다.

좀 불쌍하긴 한데.

슬슬 부탁을 하긴 해야 하는데 솔직히 아직까지는 부탁할 게 없었다. 미안하지만 그와의 계약은 한동안 더 이어질 것 같 았다.

이제 문자도 더 안 오고.

진짜로 휴대폰을 내려놓고 캡슐에 누웠다.

⬤

그것은 마치 뼈의 갑옷 같았다. 덜그럭거리며 쏟아지는 군 마와 그것에 탑승한 그들은 날카로운 무기를 휘두르며 돌진했 다. 마치 해일이 덮치는 것처럼, 그 강력한 힘에 괴성을 지르며 도망치는 인간들처럼. 괴물들은 혼비백산, 터져 버린 살점에 절규하며 발악했다. 아직 해일은 끝나지 않았다.

쫘드득.

맹렬한 기세의 군마들이 얼굴을 들이받고 벼려진 창날이 뼈 를 으스러뜨렸다.

괴물들을 짓밟으며 나아가는 파도. 피할 수 없는 죽음.

하지만 여전히 전장의 살육은 끝나지 않는다.

후두둑.

예리한 빗줄기가 유성처럼 떨어진다. 하늘이 내린 벌처럼.

이성 없는 괴물조차 두려움에 친다. 쉴 새 없이 내리꽂히는 화살들이 끝날 즈음엔 사방에서 폭발이 들려왔다.

콰앙.

거친 소리는 고막을 때렸고 살점을 태웠으며 시선을 앗아갔다. 심장의 고동이 쿵쿵거리며 울린다. 공기가 흔들리며 공간을 덮친다. 떨리는 시선은 폭발의 여파인지, 고동으로 인한 착각인지 파악할 길이 없다.

키아아아악!

폭발의 여파가 채 가시기도 전, 시작된 강력한 냉기.

눈보라가 상처를 헤집는다.

차갑다 못해 화끈해진 신체 부위가 움직이지 않고, 그 순간을 노리며 들이닥친 검병들이 신체로 밀고 들어온다. 방패를 내지르고 검을 가르며 몸으로 부딪친다.

학살은 멈추지 않고. 어디선가 나타난 또 다른 괴물들이 달려든다. 그럼에도 검병들은 물러서지 않았다. 오히려 검을 치켜들며 앞으로 돌진했다.

두 개의 거친 파도가 서로에게 부딪히며 철썩 소리를 내고 그 여파에 바람이 칼날처럼 흩날린다. 바람이 멎은 곳에 인형이 솟았다. 갑옷과 투구를 착용한 채, 검과 방패를 들고 오만

한 눈빛으로 몬스터를 바라보는 한 사람.

서걱.

그가 움직일 때마다 괴물의 목이 베어졌다.

하나, 둘. 다시 한 마리, 두 마리. 광포한 기운이 주변을 휩쓸고, 뜨거운 호흡이 공기를 덮힐 즈음.

쏴아아.

모든 것이 멎었다. 압도적인 힘으로 전투를 마무리 지은 사내가 투구를 벗었다.

"후아."

스켈레톤 군단을 이끈 장본인, 무혁이었다.

휴식을 취하고 다시 이동한다.

밤부르크 산맥의 초입, 나타나는 몬스터의 레벨은 140.

한 마리, 한 마리의 경험치는 썩 좋은 편이 아니었지만 수가 많고 또 빠르게 정리할 수 있어서 경험치가 나름 괜찮게 오르는 편이었다. 레벨도 올리고 광산도 찾고, 스트레스도 풀고. 1석 3조였다.

"자, 조금만 더 고생하자고."

말귀를 과연 알아듣는지는 모르겠지만 명령은 이해를 하니까 아마도 이런 말도 알아듣지 않을까 싶었다.

딱, 따닥.

정말인지 몇 마리의 스켈레톤이 턱을 부딪쳤다.

대화하는 기분이었다. 뭐, 그게 아니더라도 어차피 방청자가 있어서 혼잣말을 해도 크게 이상하진 않았다. 요즘에는 계속해서 일루전TV를 틀어놓고 있다 보니까 꽤나 익숙해진 것도 있었다. 간간이 방청자를 향해서 몇 가지 이야기를 건네고 싶은 생각이 들 정도였다.

물론 아직은 어색함이 더 큰 상태긴 하지만 말이다.

"크흠."

목구멍까지 차오른 말을 삼키며 걸음을 재촉했다. 조금 나아가니 다시 몬스터가 보이기 시작했다. 기마병과 검뼈, 아머나이트를 사방으로 퍼뜨리니 몬스터들이 소환수를 쫓기 시작한다. 시야 공유를 통해 확실하게 그 사실을 인지한 상태로 천천히 중앙으로 모이도록 유도했다.

곧이어 수십이 넘는 몬스터가 한 자리에 뭉쳤다.

꽤 모였네.

이 정도면 단일 유저로는 최고 레벨, 최대 규모의 몰이사냥이라 볼 수 있지 않을까. 무혁은 웃으며 대기상태의 아머아처와 아머메이지를 쳐다봤다.

쾅, 콰과과광!

다시 한번 대규모 전투가 벌어졌다.

휴식을 취하며 제작을 하고 있을 때, 저 멀리 한 명의 사내가 터덜거리며 걸어왔다. 무혁의 앞에 선 그가 자리에 털썩 앉으며 작업을 가만히 지켜본다. 뒤늦게 시선을 느낀 무혁이 고개를 들자 사내가 입을 열었다.

"주세요."

"아아."

화살 복제가 필요해 여기까지 온 루돌프였다.

인벤토리를 뒤졌다.

"여기."

화살을 받은 루돌프가 곧바로 확인한다.

[투명 화살(본체)]

아련한 시선으로 한숨을 쉬면서.

"하아, 투명 화살 복제."

특수 스킬을 발동했다.

만들어지는 투명 화살들.

"며칠 여기 있을게요."

"여기?"

"네, 있으면서 화살 좀 넉넉하게 복제하게요."

"좋을 대로."

무혁이 몸을 일으켰다. 어차피 신전에서 계약을 맺은 이상, 루돌프는 반드시 그 내용을 지켜야만 한다. 아니면 모든 스탯이 초기화가 되어버릴 테니까. 그렇기에 저 화살을 들고 도망칠 걱정은 하지 않아도 되었다.

"저기, 형."

"응?"

"파티는요……?"

"경험치만 뺏어 먹을 거 같은데?"

"절 뭐로 보는 거예요!"

"PK범?"

"아, 이젠 그런 짓 안 한다고요!"

"아님 말고."

이미 PK를 그만둔 것을 알고 있었지만 농담 삼아 던진 말이었다. 장난스러운 미소를 그리며 파티를 신청했다.

[파티를 생성합니다.]
[유저 '루돌프'가 수락하셨습니다.]

다시 사냥을 이어 나갔다. 밤부르크 산맥, 어딘가에 있을 철광 매장 지역을 찾기 위해서.

문득 한 녀석이 떠올랐다.

"참, 그놈은 뭐 하나?"

"그놈이요?"

"그래, 그 이상한 녀석."

"아, 제 친구요?"

루돌프의 친구, 아스라한. 한때는 등골을 서늘하게 만들 정도로 이상한 녀석이었고 또 가끔 마주치기만 하면 싸움을 걸어와서 귀찮기도 했던 유저.

"그래."

"요즘 중요한 퀘스트하고 있대요. 끝나면 또 찾을걸요?"

"나를?"

"네."

"하아, 또 왜?"

"왜긴요. 일대일로 겨뤄서 이기려고 하는 거죠, 뭐."

루돌프가 크큭거리며 웃었다.

"떼어낼 생각은 마세요, 고집불통이니까."

"그래 보이더라."

분명 귀찮긴 했지만 실력은 또 괜찮은 편이었다.

이용해 볼까?

장난스러운 미소를 지은 무혁이 물었다.

"그 녀석, 아직도 PK하고 그래?"

"안 해요, 이제. 길드도 다 해체했다고요."

"호오, 왜?"

"몰라요. 그냥 흥미가 떨어졌대요. 저도 그렇고요."

"흐음."

PK의 재미에서 빠져나온 건 좋은 일이다. 물론 재미만을 따진다면 PK는 최고의 콘텐츠라고 볼 수 있다. 하지만 거기에 지배당하는 순간 많은 것을 잃게 된다. 어차피 시간이 지나면 유저들끼리 치고받는 콘텐츠가 많이 나올 것이기에 그때 힘을 보여줘도 늦지 않다.

"그럼 내기는 좋아하고?"

"엄청 좋아하죠."

"잘됐네."

조건은 충족되었다.

이걸 어떻게 잘 풀어내기만 한다면…….

슬쩍 루돌프를 쳐다봤다.

비슷하게 계약할 수 있을 것 같은데.

문득 실소가 터졌다.

내가 완전 나쁜 놈인 거 같잖아?

고개를 흔들며 잡념을 털고.

"사냥이나 하자."

"네?"

"아니, 제대로 좀 잡아보라고."

"아, 열심히 하고 있잖아요."

루돌프가 빠르게 손을 움직인다.

팡, 파바바방!

엄청난 속도로 날아간 화살들이 부채꼴 모양으로 퍼졌다.

대충 쏘는 것처럼 보여도 한 발, 한 발에 농밀한 파괴력이 담겨 있었다. 범위에 있던 몬스터 몇 마리의 몸에 화살이 꽂혔는데 놈들이 고통에 절규하는 모습만 봐도 얼마나 파괴력이 짙은지 알 수 있었다.

다만 소리가 너무 커서 고막이 간지러운 게 문제랄까.

"아, 시끄러."

귀를 한 번 후비면서 전방을 주시한다. 루돌프의 화살에 담긴 것은 파괴력만은 아니었던 모양이다. 화살촉에서 냉기가 뿜어지더니 몬스터의 신체 일부를 얼려 버렸다. 그로 인해 기동력이 현격하게 떨어졌고 움직임이 더뎌진 몬스터들은 달려드는 아머기마병의 돌진을 피할 수 없었다.

가속 찌르기!

무서운 속도로 뻗어지는 기마병의 무기들.

푹, 푸욱!

살점을 꿰뚫는 것으로는 모자라서 아예 신체를 갈라 버렸다. 여유롭게 구경하던 무혁은 쓰러진 몬스터로 향해 몸을 숙였다.

[사체를 분해합니다.]

[사체를 분해…….]

사체 분해로 몬스터를 분해하니 힘 특성을 지닌 뼈가 나왔다. 인벤토리에 넣은 후 다른 사체로 이동해서 같은 행동을 반복했다. 물론 사체가 사라지는 속도가 더 빨라서 건진 건 많지 않았다. 그러나 지금도 죽어가는 녀석이 있었기에 쉴 틈은 없었다. 뼈가 차곡차곡 쌓였다.

그사이 전투가 마무리 되었고.

"흐음."

특성을 살핀 후 부르탄에게 다가갔다. 어색한 모양새의 뼈 하나를 잡고 뽑아버렸다.

[부르탄의 힘(0.13)이 줄어듭니다.]

아쉽게도 힘이 줄어버렸다.

뭐, 상관은 없지만.

곧바로 새로운 뼈를 꽂아줬다.

[부르탄의 힘(0.17)이 상승합니다.]

결국 0.04가 증가하게 된다. 손재주 덕분이었다. 정말 운이
더러우면 잘못 뽑을 경우 0.23이 줄어들 경우도 있기에 완벽하
다곤 할 수 없지만 그래도 아주 높은 확률로 스탯이 증가하는
건 분명했다.

이것도. 다시 부르탄의 뼈를 뽑았다.

[부르탄의 지식(0.13)이 줄어듭니다.]
[부르탄의 힘(0.17)이 상승합니다.]

교체, 교체.

지니고 있는 뼈를 모두 교체한 후 무구 3개를 제작했다.

휴식을 끝낸 무혁은 다시 스켈레톤으로 몬스터를 유인하면
서 몰이사냥을 이어갔다. 대략 1시간을 더 사냥하고서야 겨우
초입을 넘어설 수 있었다.

흐음.

무혁의 표정은 좋지 않았다.

여길 어떻게 하지?

철광 매장 지역을 개발하려면 인부가 필요하고, 그 인부는 거리를 수시로 다녀야 한다. 그런데 이렇게 몬스터가 나타나면 목숨이 위험할 수밖에 없다. 그렇다고 무혁이 여기서 계속 지낼 수도 없는 일.

물론 몬스터를 긴 시간 동안 리젠되지 않게 만드는 방법은 있다. NPC로 이뤄진 토벌대를 꾸리면 된다. 그러면 대략 4주 정도는 몬스터가 나타나지 않는다. 다시 나타나면 또 토벌대를 꾸려서 몬스터를 처리하면 되고. 그러면 6주 정도는 나타나지 않게 된다. 물론 이후에 토벌대를 또 한 번 꾸려서 몬스터를 처리해야 하는데 그러면 이제 몬스터가 나타나지 않는 기간이 8주로 늘어난다.

그렇게 조금씩 나타나지 않는 시기를 늘려 나갈 수 있다. 문제는 지금 당장 토벌대를 꾸릴 NPC가 없다는 사실이지만 말이다.

뭐, 일단 위치만 파악해 두자고.

그나마 다행이라면 초입을 지나고부터는 몬스터의 개체가 그리 많지 않다는 사실이랄까.

덕분에 탐색에 집중할 수 있었다.

"근데 여긴 왜 온 거예요?"

"사냥."

"돌이가 좋기는 한데⋯⋯."

루돌프는 고개를 갸웃거렸다.

썩 좋은 사냥터는 아니었으니까.

"뭐, 일단 마을을 키워야 하니까."

"네?"

"몰랐냐? 내가 칼럼 마을 촌장인 거."

"이, 미 올 촌장이요?"

"어."

"헐, 그게 가능해요?"

"가능하더라."

루돌프의 눈이 커졌다.

"그러니까 지금 촌장이 되었고. 마을을 키워야 해서 머무르는 거다?"

"그렇지."

"아, 그래서 마을 근처에서 이렇게……"

이미 무혁이 촌장이란 건 널리 퍼진 사실이었다. 일루전TV를 통해서 공개되어 버렸으니까. 물론 퍼졌다고 해서 무혁처럼 촌장이 될 수 있는 건 아니다. 황제가 직접 임명을 해줘야 하는데, 그게 쉬울 리가 있겠는가.

'알아도 못한다'는 게 바로 이런 것이다.

그렇기에 거리낌 없이 공개한 것이기도 하고.

게다가 이런 콘텐츠가 있다는 사실만으로도 유저들은 흥이 나리라. 언젠가 자기도 촌장이 되고, 또 영주가 될 수 있을지도 모른다는 꿈을 꿀 테니까.

철광산은 안 되겠지만.

이건 몰래 철광석을 캐버릴 수도 있는 문제라 보여주지 않을 작정이었다. 그래서 약간의 연기가 필요했다.

"나 나간다."

"네? 왜요?"

"좀 쉬러."

"아……."

"넌?"

"뭐, 전 내려가서 혼자 사냥이나 해야죠. 아니면 쉬거나."

"그래라."

무혁은 가장 위험한 일루전TV를 끈 후 로그아웃을 했다. 캡슐에서 나와 10분 정도를 보낸 후에 다시 접속했다.

"응?"

"어……?"

앉아 있는 루돌프와 눈이 마주쳤다.

"금방 왔네요?"

"어, 뭐. 넌 안 가고 뭐하냐?"

"이제 가려고 했죠."

"그래, 가라."

"형은요……?"

"난 다시 나가려고."

루돌프가 크큭 웃었다.

"제가 바보인 줄 아세요?"

"크흠."

"뭐, 비밀스러운 뭔가를 해야 하는 모양이니 제가 그냥 가드 릴게요. 아, 저는 사냥 좀 하다가 쉬고 있을게요."

"그래……"

무혁은 머쓱한 표정으로 멀어지는 루돌프를 눈에 담았다.

눈치민 삘리사는.

일루전TV도 이미 꺼놓은 상태였으니 이제 제대로 움직일 차례였다.

"스켈레톤 소환."

스켈레톤들에게 잡화점에서 구한 자석을 다리 쪽에 붙인 후 사방으로 퍼뜨렸다.

지휘 권한 발동.

무혁은 시야 확보를 통해 주변을 면밀하게 살폈다.

스컬 스네이크, 좀 더 옆으로. 거기 파고 들어가.

잠깐, 멈추고. 나무 뒤에 숨어.

됐어, 다시 움직여.

몬스터와의 충돌은 최대한 피했다. 소환수가 모두 흩어져 서 탐색에만 집중하는 터라 몬스터랑 싸워봐야 득볼 게 없었 기 때문이다.

천천히, 집중해서 소환수를 지휘했고 지휘하기 어려운 부분 은 그냥 지휘 권한이 있는 녀석들에게 맡겼다.

참 편하단 말이야.

웃으며 탐색에 몰두했다.

제5장
빅 레드베어

　같은 시각. 요주의 인물을 설정한 채로 그의 행동을 몰래 감시하는 공간. 일루전 본사의 상층부. 구석 사무실에는 두 명의 사내가 존재했다. 오늘도 인스턴트로 배를 때우며 화면을 주시하고 있는 그들.

　"특별한 건 없지?"

　"하, 또 있으면 나 죽는다, 진짜."

　"나도, 요즘 너무 피곤해."

　"쯥, 그나마 다행이지. 다크도 이제 완전히 다른 스토리로 빠진 거 같고."

　"그러게. 나중에 되면 어떻게 될지 모르겠지만."

　"그래도 지금 당장 큰 문제는 아니니까. 어차피 스토리상 한참 뒤잖아. 따지고 보면 저 정도 자유도가 있으니 게임이 재미가 있는 거라고."

"인정."

다크는 그렇게 마무리되었다. 뒤이어 두 사람의 시선이 한곳으로 옮겨지고. 그곳에서 떨어지지 않는다.

스켈레톤 무더기. 그 중심에서 태연히 휴식을 취하는 유저가 보였기 때문이다. 해당 유저가 지금까지 해온 것들을 떠올리면 절로 고개가 저어질 정도였다. 아무래도 스켈레톤의 다리에 자석을 붙이는 건 보지 못한 모양이었다.

"저 유저는 어쩌냐."

"뭐, 촌장이 나타난 게 예상보다 빠르긴 하지만 특별한 문제는 없잖아."

"그게 아니라……."

심각한 표정의 사내, 우선이 입을 열었다.

"저기 산맥에 광산이 있더라고."

"어? 광산?"

"어, 철광산. 좀 더 정확하게 말하자면 지금은 그냥 철광 매장 지역이지. 저길 개발해야 철광산이 되는 거고."

"미친, 그딴 설명은 필요 없고. 진짜냐?"

"철광이 있는 거?"

"그래! 진짜냐고!"

"어, 진짜야."

순간 정적이 흘렀다. 만약 철광산이 발견되면? 마을은 급속도로 발전하게 될 테고, 순식간에 도시가 되리라. 자연스럽게 무혁은 영주로 승급. 그 혜택을 얻으리라.

"영주가 되면 뭐가 있지?"

"여러 가지 혜택이 있지. 꼼수도 있고. 당장 시급한 거 하나만 말해보라고 한다면 길드전? 거기서 꼼수라도 부리게 되면……"

"앞으로 나올 콘텐츠에서 너무 압도적이 되는 거군."

"맞아."

"으음, 근데 저 유저가 그 꼼수를 알 거라는 보장은 없잖아. 또 꼼수를 사용하리라는 법도 없는 거고. 안 그래?"

"그렇긴 한데……"

우선이 말을 이어갔다.

"지금까지 행보를 보면 좀, 그렇잖아."

"하아, 그건 인정."

"생각할수록 놀랍다니까. 진짜 뭐든지 다 아는 것처럼 굴잖아. 뭐 남들처럼 어려운 일을 한 번이라도 겪은 적이……"

"있지."

"그, 그렇군. 있구나."

흑마법사 지케라에게 실험을 당했던 사건.

멘탈이 붕괴되지 않은 게 신기했다. 지켜보는 입장에서도 저건 정말 심하다고 느꼈을 정도니까.

"근데 그것도 결과적으로 보면 득이 된 거니까."

"그렇지."

"그러니까 어쩌면 철광석도 쉽게 발견하게 될지도 모른다는 거지. 그렇게 되면 앞으로 나올 콘텐츠를 위에서 떡 주무르듯이 주무르게 될 거고."

"으음."

"이건 막을 방법도 없다고."

우선이 고개를 저었다.

"아니, 한 가지 있긴 해."

"어? 뭔데?"

"스토리의 흐름을 조금이라도 앞당길 수 있게 힌트를 곳곳에 배치하는 것."

"아……!"

"우리가 직접 관여할 순 없지만 작은 도움 정도는 유저들한테 줄 수 있으니까."

"문제는 과연 유저들이 쫓아올 수 있느냐, 없느냐인데."

"그렇지, 그게 문제지."

"하, 상황이 가볍지가 않네. 보고부터 해야겠다."

"그래, 그러자."

어차피 선택은 그들의 몫이 아니었다. 지켜보는 입장. 그리고 변화를 보고해야 할 직원일 뿐이었다.

결정은 결국 상부의 몫.

"보고서는?"

"내가 저녁 쏜다. 부탁 좀 하자."

"오케이!"

한 명이 상부에 제출할 보고서를 작성하기 시작했다.

"계속 저기서 사냥이나 할 생각인가 본데."

"뭐, 사냥보단 뭔가를 찾는 거 같지만."

"설마 철광이 매장되어 있는 걸 아는 건 아니겠지?"

"그럴 리가."

"습관처럼 던전이라도 있나 싶어서 둘러보는 거겠지."

"흐음."

대략 3시간을 더 지켜본 그들은 배를 문질렀다.

"배고픈데?"

"고기나 먹고 오자."

"그럴까……?"

그 사이 뭔 일이 벌어지진 않으리라.

그렇게 여기고 몸을 일으켰다.

"빨리 먹고 오자고."

"그래야지."

어딘가로 이동한 무혁이 모래를 한 움큼 쥐었다. 손에 들린
자석이 철가루를 먹어치우듯 빨아들이기 시작했다.

철가루가 자석에 붙은 순간.

[헤밀 제국 내에 속한 영역에서 철광이 매장된 곳을 발견했습
니다.]

[선택 퀘스트가 주어집니다.]

갑자기 떠오른 메시지가 무혁의 눈길을 사로잡았다.

선택 퀘스트?

[첫 번째 퀘스트]

[헤밀 제국의 황제에게 철광산이 매장되어 있는 장소를 밝히고 도움을 얻는다. 철광산 이익이 감소하는 대신 몇 가지 지원을 얻을 수 있다.]

[두 번째 퀘스트]

[철광을 스스로의 힘으로 개발하여 모든 이익을 취한다. 지원은 없지만 모든 이익을 독차지할 수 있다.]

몇 번 이야기만 들어본 종류의 퀘스트였다.

호오, 이런 거였구나.

선택에 따라 과정도 결과도 모든 것이 바뀌어버리기에 신중해야만 하리라. 하나의 경우를 택하고 어떤 과정이 될지, 또 어떤 결과로 이어질지 생각해 본다.

그럼에도 좀처럼 무엇을 선택해야 할지 쉽사리 정할 수가 없었다. 첫 번째를 택하자니 철광에서 나올 이득이 감소한다는 게 너무나 아쉬웠고 두 번째를 택하자니 언제 마을을 키워서 토벌대를 꾸릴지 암담했다.

음……?

그러다 한 가지가 번뜩 떠올랐다.

이런, 멍청하기는.

가장 중요한 걸 잊고 있었다.

"쩝, 그래."

무혁은 첫 번째를 선택하기로 결정을 내렸다.

과한 욕심은 화를 부르는 법.

대신 속도를 높이면 될 일이었다.

물론 진짜 이유는 그게 아니었다.

곰곰이 생각하면서 깨달은 건 자신이 광산에 대해서 무지하다는 사실이었다. 철광 매장 지역을 찾기는 했는데 앞으로 어떻게 해야 철광석을 얻을 수 있는지 전혀 모른다는 점이 첫 번째를 택하게 된 실질적인 이유였다. 개발 과정을 어떻게 처리해야 할지 감조차 잡히지 않았으니 그의 입장에선 어찌 보면 당연한 결정이리라.

[퀘스트 '황제에게로'를 습득합니다.]

[황제에게로]

[헤밀 제국의 황제에게 철광산이 매장되어 있는 장소를 밝히고 도움을 얻어라.]

[성공할 경우 : 지원, 철광산 이익 감소.]

[실패할 경우 : 황제의 분노.]

[제한 시간 : 7일.]

위치를 다시 한번 외운 후 몸을 돌렸다. 지금 막 접속을 한 것처럼 자리에 가만히 선 채로 일루전TV를 켰다. 그러곤 아무 일도 없었다는 듯 여유를 가장한 채 올라오는 채팅을 확인했다.

-어, 다시 된다!

-접속했나 보네요.

-무혁 님, 팁 게시판 1위 축하드려요.

-저도! 그런 의미로 쿠폰 투척!

-오오!

-클라스 오지고요.

분위기가 꽤 좋았다. 흐뭇하게 웃은 후 채팅창을 끄고 군마를 소환했다. 몬스터를 무시한 채 마을로 향하자 입구에서 서성거리고 있는 세 사람이 보였다.

"오빠!"

환하게 웃으며 다가오는 예린.

"왔냐."

심드렁한 성민우. 그리고 머쓱한 표정의 루돌프까지.

그들을 보는 순간 계획을 변경했다.

오늘은 안 되겠네.

직접 여기까지 오라고 했는데 곧바로 가버릴 순 없는 일이었다. 7일이란 시간이 주어졌고 또 무혁에게는 군마라는 이동 수

단이 있으니 내일 출발해도 충분히 여유로우리라.

다가오는 예린을 바라보며 군마에서 내린 무혁이 웃었다.

"왔어?"

"응!"

곧바로 예린이 안겨 왔나.

"헤헤."

참으로 사랑스러웠다.

거의 껴안은 자세로 마을 입구에 들어섰다.

"어우, 부끄럽지도 않냐."

성민우의 말에 예린이 조금 창피한지 무혁의 품에서 벗어났다. 무혁은 어깨를 으쓱거리며 되물었다.

"왜 또 툴툴거리냐. 전에 그 여자랑 잘 안 된 거야?"

"……."

"실패?"

"어."

"크크크큭."

무혁의 웃음에 성민우가 한숨을 내쉬었다.

"에라이. 커플 지옥, 솔로 천국이다!"

불쌍한 듯 바라보던 예린이 안쓰러운 어투로 그를 불렀다.

"민우 오빠."

"어?"

"내 친구 소개시켜 줘?"

그에 성민우의 표정에 빛이 감돈다.

"지, 진짜?"

"응."

"이뻐?"

"착해."

"이뻐?"

"요리도 잘하고."

"이쁘냐고."

"직업도 좋아."

끝내 예쁘다는 말이 나오지 않아 성민우가 고개를 저었다.

"됐다, 나는."

"왜? 진짜 괜찮은 친구야."

"난 솔로가 좋아."

"치, 외모지상주의네. 완전히."

그 말에 조금 찔렸던지 성민우가 헛기침을 했다.

"크흠, 남자는 원래 그래."

"바보, 멍청이."

그러곤 낮게 중얼거린다.

"사실 엄청 예쁜데."

성민우가 몸을 휙 하고 틀었다.

"아니다, 그냥 소개시켜 줘."

"싫어."

"안 예뻐도 돼."

"거짓말. 내가 예쁘다고 한 말 들었지?"

"응? 그런 말을 했어?"

"와, 표정 하나 안 바꾸고 거짓말하는 거 봐."

두 사람이 티격태격거릴 때. 무혁은 루돌프를 쳐다봤다. 혼자서 통성명도 못 한 채 뻘쭘하게 서 있었다.

아아. 인사라도 시켜야 할 모양이었다.

"둘은 안면 있지?"

"응?"

성민우가 루돌프를 쳐다봤다. 예린은 루돌프를 잘 모르기에 그냥 궁금한 표정이었지만 성민우는 그를 기억하고 있었기에 불쾌함을 한껏 드러냈다.

"전에 PK 걸었던 녀석이잖아."

"맞아. 지금은 뭐, 착하게 지내더라고. 그리고 알잖아. 무기 때문에 계약도 했고……."

"그건 그렇지."

알겠다는 듯, 고개를 끄덕이는 성민우였다. 가장 중요한 아이템을 뺏기고 강제로 계약을 맺어 노예와 다름없는 처지가 된 루돌프. 그의 입장도 썩 좋지만은 않았으니까.

그렇다고 PK를 당했던 기억이 사라지는 건 아니었기에 여전히 성민우의 말투는 퉁명스러웠다.

"나이도 어려 보이는데, 앞으론 조심합시다."

"네, 죄송했어요, 그땐……."

사과까지 하는 마당에 더 뭐라고 할 수도 없었다.

"쩝, 기왕 이렇게 된 거 뭐. 잘 지내보자고요."

"감사합니다. 말 편하게 하셔도 돼요."

"크흠, 그럴까."

아직은 어색하겠지만 서서히 가까워지리라.

세 가지의 부탁. 그걸 사용하기 전까진 꽤 자주 얼굴을 마주하게 될 테니까.

네 사람은 파티를 맺은 채 밤늦게까지 필드를 돌아다녔다.

"후, 이제 피곤하네."

"나도."

"그럼 내일 보자고."

로그아웃하려는 세 사람을 잠깐 제지했다.

"잠깐만."

"응? 왜?"

"퀘스트가 갑자기 생겨서. 내일은 헤밀 제국에 다녀와야 할 것 같은데?"

"어, 그래?"

"응. 잠깐만 셋이서 파티 사냥하고 있어."

예린이 아쉬운 표정을 지었다.

"중요한 퀘스트야?"

"응, 조금."

"얼마나 걸려?"

"하루면 될 거야."

"진짜? 다행이다."

"최대한 빨리 끝내고 올게."

"응!"

"잘 자고."

"오빠도."

세 사람은 차례대로 로그아웃했다. 무혁은 피곤함이 느껴지지 않았기에 헤밀 제국에서 로그아웃을 하기로 결정했다. 1시간 정도를 달린 끝에 게이트에 도착할 수 있었다.

"어서 오십시오."

"헤밀 제국으로."

로그아웃 직후 캡슐에서 나와 침대에 쓰러지듯 누웠다. 1시간을 내리 달려서인지 노곤함이 뒤늦게 몰려든 탓이었다.

으, 피곤하다.

순식간에 잠에 취해 버렸다.

다음 날. 평소와 다름없는 패턴 이후, 일루전 홈페이지에 들러 팁 게시판을 확인했다.

"흐음."

무혁이 올린 글은 여전히 1위. 조회 수는 290만. 아직도 상승세가 무서웠다. 천만 조회 수를 예상하고는 있지만 어쩌면 그걸 넘을지도 모른다는 생각이 문득 들었다. 그와 동시에 호기심이 일었다.

던전에 많이 갔으려나?

자유 게시판을 둘러보니 각종 영상이 링크되어 있었다.

타임어택 던전 주변부터 시작된 영상.

"와우."

사람이 어마어마하게 많았다. 한참을 기다린 끝에 영상의 주인공이 동료들과 함께 던전에 도전했다. 철저하게 준비를 해 온 덕인지 한 번에 클리어를 해버렸다.

아쉽게도 D등급이긴 했지만.

"어?"

그 순간 이전에 보지 못했던 메시지 하나를 발견했다.

[클리어 순위]

1위. 무혁 외 316명 / 38분 41초

2위. 쿠루파 외 349명 / 46분 17초

3위. …….

클리어 타임에 따른 순위가 책정되어 있었던 것이다. 무혁의 이름이 앞에 나온 것은 공헌도가 가장 높아서이리라. 놀라움은 거기서 그치지 않았다. 메시지 하단에 적힌 글귀가 자연스럽게 시선을 빼앗았다.

[100팀이 클리어하면 순위에 따른 보상이 지급됩니다.]

이런 게 숨어 있었던가. 아마도 1위부터 100위까지의 순위가 정해지면 무혁에게도 메시지가 떠오르리라.

1위가 쭈욱 이어졌으면 좋겠다는 생각을 하면서 뒤로 가기를 눌렀다.

다른 건 없나.

몇 가지 소식이 더 눈에 들어온다.

오호. 보스 몬스터가 나타났다는 게시물을 확인해 봤다.

[내용 : 지금 90레벨짜리 보스 몬스터가……]

레벨을 보는 순간 입맛을 다시며 목록으로 되돌아갔다. 몬스터의 레벨이 너무 낮아서 지금 출발해봐야 늦을 거 같았고 또 솔직히 잡아봐야 무혁의 입장에서는 보상이 썩 좋지 않은 수준일 게 분명했다.

이후로는 흥미를 끌 만한 것은 보이지 않았다.

홈페이지를 끈 후 일루전에 접속했다.

접속과 동시에 성내로 향했다.

줄을 서지 않고 옆으로 빠져 경비원에게 다가갔다.

헤밀 제국의 귀족을 증명하는 패를 보여주자 경비원이 곧바로 자세를 똑바로 하며 절도 있게 인사를 해왔다.

"충!"

"들어가도 되겠죠?"

"물론입니다!"

성내로 들어온 무혁은 먼저 아뮤르 공작을 찾아갔다. 다행스럽게도 그는 무혁을 아주 반갑게 맞아줬다.

"잘 왔네. 일단 앉지."

"네."

"그래, 마을은 잘 돌아가나?"

"상태가 좋지는 않았습니다."

"하하, 그렇겠지."

그렇겠지? 당연하다는 소리인가.

"아, 내 말이 이상했나?"

"아닙니다."

"괜찮아. 실은 좋은 영지를 주려고 했으나 폐하께서 마지막에 생각을 바꾸신 모양이야."

"생각이라면⋯⋯?"

"자네를 한 번 더 시험해 보고 싶었던 거지."

한마디로 골려주고 싶었다는 얘기다.

황제라 욕도 할 수 없고.

무혁은 억지로 웃을 수밖에 없었다.

"그렇군요."

"그래도 열심히 해보게나. 그 척박한 곳을 잘 다스려야 자네의 능력을 제대로 인정받을 수 있을 테니까."

"그러겠습니다."

"그런데, 무슨 일로 이렇게 찾아온 거지?"

마침 잘되었다 싶었다.

"능력을 인정받으라고 하셨죠?"

"그랬지."

"아무래도 그 기회가 온 것 같습니다."

"음? 무슨 소리인가?"

아뮤르 공작의 의문스러운 표정을 바라보며 무혁이 입을 열었다.

"실은 제가 하사받은 영지, 그러니까 칼럼 마을의 서쪽 산맥에서 우연히 철광이 매장되어 있는 곳을 발견했습니다."

아뮤르 공작이 묘한 표정을 지었다.

"철광이 매장되어 있는 곳?"

"네."

"일단 하나만 묻지. 왜 굳이 그 사실을 알리러 온 건가?"

"솔직히 말씀드려도 됩니까?"

"물론이네."

"제 힘으로는 더 이상 어떻게 해야 할지 알 수가 없어서 왔습니다."

"이익이 줄더라도 도움을 받겠다?"

"네."

아뮤르 공작이 크게 웃었다.

이내 미소를 거두고는 무혁을 빤히 쳐다봤다.

"자네, 내 생각보다 더 그릇이 크군."

딱히 그런 건 아니지만 굳이 그렇게 봐주겠다는데 사양할 필요는 없었다.

"감사합니다."

"사람들은 의외로 무지를 인정하려 들지 않는다네. 모르면 배우면 되는데 그걸 창피하게 여기고 숨기려고만 들지. 자네는 그 부분을 인정하고 날 찾아온 거야. 내 눈이 틀리지 않았음을 다시 한번 증명했으니 적극적으로 도와주도록 하지. 그런 의미로."

"네."

"사실 확인부터 해야겠지?"

"물론이죠."

"위치는 아는가?"

"네."

"그럼 내가 부르는 이와 함께 다녀오게. 그가 정확하게 판단을 내려줄 것이네."

"알겠습니다."

아뮤르 공작이 기사를 불렀다.

"요른을 데려오게."

"알겠습니다."

"잠깐 기다리면서 이야기나 하지."

아뮤르 공작은 작은 마을을 키우기 위해 필요한 여러 가지 조언을 무혁에게 해줬다. 생각보다 도움이 되는 것 같아서 무혁 역시 귀담아들었다. 그사이 요른이라는 사내가 도착했는지 기사가 알려왔다.

"자, 나가지."

"네."

건물 밖으로 나가니 깔끔한 복장의 중년인이 있었다.

"오랜만에 뵙습니다, 공작님."

"반갑군. 부탁할 게 있어서 불렀네."

"부탁이라뇨. 당연히 따라야지요."

"하하, 그래. 여기 있는 이 친구, 이너지. 무혁 준남작과 함께 잠깐 어디를 좀 다녀와야겠어."

의문은 없었다. 그저 명을 받을 뿐.

"알겠습니다. 정확하게 파악하도록 하겠습니다."

대답하는 모양새만 봐도 이런 일에 익숙하다는 사실을 알 수 있었다.

"고맙네."

아뮤르 공작이 무혁을 쳐다봤다.

"고생하게."

"네, 다녀오겠습니다."

군마를 소환하면서 요른을 쳐다봤다.

"탈 줄 아세요?"

"아, 물론입니다. 그리고 편하게 말씀하셔도 됩니다."

"이게 더 편해서요."

웃으며 군마 한 마리를 더 불러냈다.

"가죠."

요른과 함께 성외로 나가 워프 게이트를 이용했다.

밤부르크 산맥의 중턱.

"여깁니다."

무혁이 가리킨 곳으로 향한 요른이 이상한 물건 하나를 꺼내더니 바닥에 쪼그려 앉았다. 이내 물건에서 낮고 청명한 소리가 들려왔다.

삐!

요른이 몸을 일으키더니 주변을 돌아다녔다.

"확실히 철광이 매장되어 있군요."

"다행이네요."

"네, 게다가……."

한참을 이동하고서야 소리가 멈췄다.

"생각보다 매장량이 많을 것으로 추정이 됩니다."

"좋군요."

홀로 고개를 끄덕이기를 수차례.

"다 됐습니다."

"그럼 돌아갈까요?"

"네."

다시 군마를 타고 헤밀 제국으로 향했다. 도착하자마자 아뮤르 공작을 찾아갔고 그는 요른의 이야기에 고개를 끄덕이며 흡족하게 웃었다.

"좋군, 그럼 이제 폐하를 뵈러 가지."

"예."

요른은 돌아갔고 아뮤르 공작과 함께 황제가 기거하는 곳으로 향했다.

성내의 중앙 건물. 안으로 들어가자 복도 좌우에 위치한 기사들이 보인다. 전과 같은 시험은 없었다. 그저 장엄한 공간을 평화로이 거닐 뿐.

흠, 일루전TV를 꺼야 하나?

순간 고민이 되면서 머릿속이 복잡해졌다.

하지만 깁념을 지워 버렸다. 퀘스트의 보상에도 나와 있듯이 지원은 확실한 것이었다. 그렇다면 혜밀 제국의 황제가 개입한다는 소리인데 거기에 반항하거나 혹은 대항하는 유저는 없으리라.

만약 있다면? 그 순간 해당 유저는 혜밀 제국의 추적을 영원토록 받게 될 것이다.

이윽고 긴 복도의 끝. 굳게 닫힌 문 앞에 도착했다.

"폐하, 소신 드릴 말씀이 있어 찾아뵈었습니다."

"아뮤르 공작인가?"

"예, 폐하."

"들라."

문틈 사이로 들리는 소리. 뒤이어 열리는 문.

거대한 홀, 가장 높은 자리에 앉은 황제가 오연히 내려다본다. 두 번째 만남임에도 불구하고 그가 뿜어내는 위압감에 무혁은 절로 고개를 숙이게 되었다. 만인을 다스리는 자에게는 특유의 카리스마가 있다더니, 어쩌면 저 기운이 바로 그것이 아닌가 싶었다.

"혼자 온 게 아니로군."

"예, 폐하. 무혁 준남작이 꼭 할 말이 있다고 하여 함께 찾아왔습니다."

"고개를 들라."

두 사람 모두 고개를 든다.

"그래, 무혁 준남작."

"예, 폐하."

"무슨 일로 날 보러 왔나?"

더하지도 빼지도 않고, 있는 그대로를 말했다.

"하사하신 영지 서쪽 산맥에서 철광이 매장되어 있는 곳을 발견했습니다."

"철광?"

"네, 해서 알려드리고자 왔습니다."

황제가 부드럽게 웃었다.

"재밌군. 직접 개발해도 문제 삼지 않았을 텐데?"

아뮤르 공작에게 했던 대답을 똑같이 했다. 그에 황제 역시 흡족한 듯 고개를 끄덕이더니 무혁이 바라마지 않던 말을 들려줬다.

"그래, 수익을 나누고 지원을 얻겠다?"

"예."

"그럼 9대1은 어떤가?"

"예……?"

"내가 9, 자네가 1일세."

저런 미친 도둑놈을 보았나.

안 된다고 대답해?

진짜 그러고 싶은 마음이 굴뚝이었지만 절대로 그렇게 말해선 안 된다. 1이라도 아무런 상관도 없다고 대답하기 위해서 어금니를 깨물며 입을 열었다.

"그건 좀……."

그런데 다른 말이 튀어나와 버렸다.

이런, 미친!

순간 찰나의 정적이 흐르고.

"크, 크하하하하! 말은 제대로 해야지!"

이미 엎질러진 물. 되돌릴 수도 없는 법이었다.

"그건 안 되겠습니다."

"크크큭, 진심인가?"

"예……."

황제가 웃음을 멈췄다.

"아주 당돌하군."

"죄송합니다."

"그 한마디로 인해 목숨이 위태로울 수도 있네. 아, 그건 힘들겠군. 이방인이니까. 하지만 혜밀 제국의 영원한 추적을 받을 수도 있네. 잡히는 순간 감옥에서 평생을 썩어야 하지. 그런데도 방금 한 말에 후회가 없나?"

왜 이렇게 구구절절일까?

잡아 족치려면 당장 그렇게 해도 이상하지 않았다.

근데 왜, 굳이?

어쩌면 저 황제는 솔직함을 바라는 게 아닐까.

무혁은 침을 삼키며 대답했다.

"후회는 없습니다."

그러자 황제가 또다시 웃었다.

"크하하! 좋군, 아주 좋아."

"가, 감사합니다."

"그럼 8대2로 하지."

"……"

저 새끼가 지금 사람을 놀리나.

겨우 1을 올려?

그런데 이어진 말은 무혁의 예상을 뛰어넘은 것이었다.

"자네가 8, 내가 2."

"예……?"

"아직도 마음에 안 드나?"

"아, 아닙니다! 아주 마음에 듭니다."

"크크크, 아뮤르 공작."

"아, 예, 폐하."

아뮤르 공작도 조금 당황한 모양이었다.

"무혁 준남작을 전폭적으로 지원하도록."

"아, 알겠습니다."

동시에 퀘스트가 클리어되었다.

[선택 퀘스트 '황제에게로'를 클리어합니다.]
[히든 퀘스트 '황제의 마음을 사로잡아라!'를 클리어합니다.]

[성공 페널티가 줄어듭니다.]

[성공 보상이 크게 증가합니다.]

철광산 이익의 감소였던 성공 페널티가 줄어들고, 대신 성공 보상인 시원이 진폭적인 지인으로 상승했다.

히든 퀘스트를 깬 덕분이었다.

이런 걸 숨겨놓다니.

깨뜨리라고 만든 건지는 모르겠지만 아무래도 좋았다.

결과가 좋았으니까.

"더 할 말이 없으면 물러가도록."

"예, 폐하."

황제의 거처에서 나가는 둘. 그런 두 사람의 뒷모습을 바라보다 무혁에게 시선이 쏠리는 황제. 그는 아주 오랜만에 진심으로 웃고 있었다.

시험도 통과했고, 배짱도 있군. 무혁 준남작.

그 이름을 머릿속에 확실히 각인시켰다. 그 사이 황제의 거처에서 나온 아뮤르 공작은 대기하고 있던 기사에게 한 가지를 지시했다.

"밤부르크 산맥으로 향할 토벌대를 꾸리도록."

"알겠습니다."

"최상의 전력으로."

"예!"

기사가 떠나고 아뮤르 공작이 무혁을 쳐다봤다.

"토벌이 마무리될 즈음엔 광산 개발에 필요한 인원을 보내 도록 하겠네. 그 이후에는 광석을 캘 인부를 꾸준하게……."

정말 제대로 된 지원이었다.

"감사합니다."

그사이 기사가 토벌대를 꾸려서 왔다. 그야말로 일사천리. 무혁은 그저 좋을 뿐이었다.

오길 잘했네.

다시 한번 스스로의 선택에 만족하며 토벌대와 함께 칼럼 마을로 향했다.

엄청난 발견에 또다시 난리가 났다.

-철광 개발하는 거……?

-ㅋㅋㅋㅋㅋㅋ, 웃음밖에 안 나온다.

-와, 어떻게 그 초라한 마을 바로 옆에서 철광산이 나올 수가 있죠.

-아직 철광산은 아닌데요.

-개발하면 철광산이죠, 뭐.

-ㅇㅈ

-그보다 황제 카리스마, 개쩔지 않음?

-솔직히 무혁 님이 9대1로 나누는 거 싫다고 했을 땐 지릴 뻔ㅋㅋㅋㅋ ㅋㅋ

-전 거기서 사실 조금 기대했어요.

-무슨 기대요?

-헤밀 제국의 공적이 된 유저······!

-ㅋㅋㅋㅋㅋㅋㅋㅋ

-안타깝게도 그런 일은 안 벌어졌네요.

-근데 전 카리스마보다는, 약간 미친 거 같던데요?

-원래 1인자가 그렇습니다.

-ㅠㅠ 조금만 더 미쳤으면 좋았을 걸······.

-ㅋㅋㅋㅋㅋㅋㅋㅋㅋ

일부는 우려를 표하기도 했다.

-광산 매장 위치 다 드러났네요.

-이거 훔쳐도 되나?

-어떻게 훔치게요?

-몰래 철광석이라도 주워 가시게요?

-음, 생각해 보니 비효율적이겠군요.

-당연하죠. 게다가 지금 헤밀 제국 토벌대가 움직이고 있잖아요. 시비 걸면 바로 헤밀 제국 공적으로 찍힐걸요.

-무섭······.

-ㅇㅇ, 무혁 님도 자신이 있으니 공개했겠죠.

-맞음.

-크, 아무튼 부럽네요. 유저 최초로 마을도 운영하고 자금도 탄탄하

고……

-나중에 마을 커지면 세금만 해도 얼마야……

-대박 예약.

-이미 대박…… ㅎㅎ

대부분의 유저는 단순히 부러워만 했다.

최상위 랭커. 혹은 최상위 길드만이 이 정보를 접하곤 그들과 다른 의미로 경악했다.

"뭐라고? 진짜야?"

"그렇다니까. 황제랑 대면했다고."

"미친, 난 이제 말단 귀족이랑 겨우 이야기 텄는데……"

"진짜 어떻게 저렇게 빠르지?"

"게다가 공작이랑은 엄청 친해 보이던데."

"아뮤르 공작이랬나?"

"어."

"나도 한번 비벼봐?"

그런 생각을 가진 일부 유저가 알고 지내던 하급 귀족을 통해 도박수를 던지기 시작했다.

컬렉션 길드의 부길드장은 그가 알고 지내던 하급 귀족과 대면했다.

"진짜 귀한 정보입니다."

"흐음, 나한테 알려주면……"

"죄송합니다. 아뮤르 공작님을 꼭 뵈어야 합니다. 이건 우리

둘 모두에게 기회입니다. 이 정보만 알려주는 순간 위치가 달라질 거란 말입니다. 결코 후회하지 않을 겁니다."

귀족은 한참을 고민했고.

"그 말에 진정 책임질 수 있나?"

"물론이죠."

단호한 표정으로 고개를 끄덕였다. 물론 속내는 달랐다.

혹시라도 안 되면…….

다른 제국으로 가면 된다는 안일한 생각을 품은 그였다.

"좋아, 말은 전해보겠네."

"감사합니다!"

귀족 역시 스스로의 욕망을 이기지 못했다. 자신이 가진 모든 인맥을 동원하여 간신히 아뮤르 공작과 연이 닿았다.

"이방인이 날 꼭 보고 싶다고 했다고?"

"예, 공작님."

"흐음, 아주 중요한 정보라."

아뮤르 공작은 고민에 잠겼다.

오늘 왜 이러는 거지?

벌써 세 번째 방문이었다. 무혁과 함께 토벌대를 보내고 몇 시간도 지나지 않아서 연속으로 이런 일이 벌어지니 의아함이 솟을 수밖에. 게다가 더 큰 문제는 하나같이 애매한 정보를 가지고 와서는 눈에 빤히 보이는 짓거리를 일삼는다는 사실이었다. 지금까지는 그냥 쫓아내는 것으로 끝냈는데 이대로 두면 계속 비슷한 상황이 발생할 것 같았다.

제대로 본을 보여줘야겠군.

"데려오게."

"가, 감사합니다, 공작님."

아뮤르 공작이 손을 휘저었다. 귀찮음이 가득 담긴 표정과 손짓에 귀족은 다급히 인사하며 건물을 빠져나갔다. 그러곤 컬렉션의 부길드장을 불러 함께 다시 찾았다. 생각보다 수월하게 아뮤르 공작과 대면하게 된 그는 자신감을 가지고 입을 열었다.

"제가 가진 정보는……."

이야기를 들은 아뮤르 공작이 표정을 굳혔다.

자연스럽게 풍기는 위압감.

"겨우 이따위 정보로 날 보자고 한 건가!"

"에, 에에……?"

"당장 이자를 감옥에 처넣어라!"

순간 사방에서 솟아난 검은 복장의 사내들. 아뮤르 공작을 비밀리에 호위하는 자들이었다. 그들은 단숨에 컬렉션 부길드장을 사로잡더니 포박을 해버렸다.

"왜, 도대체 왜……!"

누가 알 것인가. 그저 본보기일 뿐이란 것을. 아니, 사실 정보가 정말로 괜찮은 수준만 되었어도 이렇게까지는 안 했으리라. 정보도 하는 짓거리도 꼴사나운 수준이니 화가 나는 게 당연했다. 결국 욕심이 부른 분노일 뿐이었다. 컬렉션 길드의 부길드장은 한동안 감옥에서 빠져나오지 못하리라.

어쩌면 평생 나오지 못할지도 모르고.

그렇게 아뮤르 공작이 사소한 헤프닝을 겪는 사이, 무혁은 토벌대와 함께 칼럼 마을에 도착했다. 갑작스러운 대규모 인원에 놀란 마을 사람들이었지만 무혁이 선두에 있음을 확인하는 순간 안도했다.

"촌장님이셨군요."

"네, 좋은 일이 있어서 좀 다녀왔습니다."

"좋은 일이시라면……."

라카크의 말에 무혁이 웃었다.

"철 광맥을 발견했거든요."

"예에……?"

나이가 지긋했던지라 그 의미를 단번에 파악했다.

"그, 그럴 수가."

"이제 발전하는 일만 남았습니다."

"아, 아아……."

라카크가 손을 모아 기도했다.

어릴 적, 참으로 힘겹게 살아갔던 곳. 칼럼 마을.

커서는 꼭 떠나야지, 마음을 먹었으나 막상 나이가 들면서 그것도 쉽지 않은 일임을 알게 되었다. 모든 것을 털어버려야 하건만, 그게 좀처럼 되지 않았다. 남은 이들이 눈에 밟혀 자꾸만 가슴을 아리게 했으니까. 결국 촌장이 되어 그들을 이끌게 되었고 적어도 굶기지는 않으리라 다짐했으나 시간이 흐를수록 상황은 나빠져만 갔다.

그때 등장한 사람이 바로 무혁이었다. 거짓말처럼 몬스터를 토벌하고 북쪽 땅에 곡물을 심었다. 여유 자금으로 당분간 먹을 것까지 주었고. 이것만 해도 충분히 감사했건만.

"내 생에 이런 일이 벌어질 줄이야……."

이젠 단지 배고픔을 면하는 것이 아니라 어쩌면.

정말로 어쩌면 이 작은 마을이 크게 발전할지도 모른다.

그 희망만으로도 감격스러웠다.

"감사합니다, 촌장님……."

"아니, 왜 이러세요."

무혁은 다급히 그를 일으켜 세웠다.

얼마나 좋으면 이럴까.

하지만 그의 마음을 다 이해할 순 없어 그저 어색하게 웃을 뿐이었다.

그렇게 라카크를 달래고 있을 무렵, 뒤쪽에서 세 사람이 어색한 듯 얼굴을 내밀었다.

그들과 눈이 마주친 무혁이 친근한 표정으로 다가갔다.

"여기 있었네?"

성민우와 예린, 그리고 루돌프였다.

"사냥 좀 하다가 쉬려고 왔지. 근데 갑자기 이게 뭐냐."

"말했잖아, 퀘스트 때문에 갔다 온다고."

예린이 끼어들었다.

"오빠, 퀘스트가 뭐기에······."

"광산 개발 퀘스트라고나 할까. 그 주변 몬스터가 많아서 토벌대가 필요했거든."

"광산? 토벌대?"

"응, 너희도 토벌대에 낄래?"

"어, 그럴까?"

"좋지!"

루돌프가 기쁜 듯 다시 한번 물어왔다.

"저도 껴도 돼요?"

"안 될 이유는 없지."

"고마워요!"

"잘해라."

"네!"

토벌을 시작하면 아무래도 밤부르크 산맥 전체를 돌아다니게 될 것이다. 어차피 사냥을 하며 시간을 좀 보낼 생각이었는데 토벌대에 합류할 수 있다면 확실한 이득이었다.

토벌대 NPC와 경험치까지 공유하니 더더욱.

"잠깐만 기다려 봐."

"응!"

등을 돌려 토벌대장에게 향했다.

"제 친구들인데 토벌대에 합류해도 될까요?"

"물론입니다."

그가 세 사람을 바라보더니 물었다.

"토벌대에 합류해 주겠나?"

그러자 퀘스트가 떠오른 모양인지 다들 웃으며 고개를 끄덕였다.

"저희는 먼저 출발하겠습니다."

"네, 금방 따라갈게요."

토벌대가 떠나자 마을 사람들이 다가왔다. 아무리 나쁜 마음이 없다고는 하지만 토벌단원들이 뿌리는 기세는 평범한 사람들이 받아들이기엔 확실히 무리였으리라.

그들이 가고서야 평화로운 분위기가 새삼스럽게 느껴졌다.

"이야기는 모두 들으셨죠?"

"네, 촌장님!"

"광산이 개발되면 인부도 구해야 합니다. 자연스럽게 일자리가 생기는 거죠."

"아아……!"

"미리미리 준비들 해두세요."

라카크가 고개를 끄덕였다.

"제가 잘 선별하겠습니다."

"부탁드릴게요."

"걱정하지 마십시오, 촌장님."

고개를 끄덕인 후 동료들과 함께 마을을 벗어났다. 군마를 소환하여 탑승한 채 속도를 높였다. 저 멀리 점처럼 보이던 토벌대와의 거리가 조금씩 좁혀졌다.

어디에나 욕심에 눈먼 자들은 있게 마련.

"가능하려나?"

"아, 일단 우리가 그 주변만 지키고 있으면 된다니까."

"그래서, 그걸로 협상하자는 거지?"

"그래."

"으음, 걱정되는데. 만약 싸움에 말려 버리면?"

"괜찮아. 우리만 공격 안 하면 언제라도 로그아웃할 수 있으니까. 괜히 열 받는다고 나대지만 말라고. 그러면 아무런 문제도 없으니까. 그리고 만약에 누가 실수해서 공격을 시도했다고 치자고. 그럼 진짜 전투 상태로 접어들겠지?"

"그렇지."

"그러면 내가 앞에서 시간 끌어준다니까."

"진짜로?"

"그래, 너희들은 최대한 멀어져서 비전투 상태로 전환되자마자 로그아웃하면 되는 거라고. 대신 혹시라도 내가 감옥에 갇히면 보석금 다 때려 박아주고."

"당연하지."

"좋아, 좋아. 또 질문?"

"……"

"그럼 일확천금을 얻으러 가볼까!"

다시 한번 확답을 듣고서야 모두들 흡족한 듯 고개를 끄덕였다. 모인 이만 300여 명. 레벨도 하나같이 130이 넘었고 또 길드장이 저렇게까지 희생정신을 갖추고 있으니 어쩌면 정말로 대박 한번 터뜨릴지도 모른다는 생각이 들었던 것이다.

"그럼 가자고."

"시발, 그래. 해보자."

부길드장까지 의욕을 앞세우니 길드원들도 그 욕심에 오염될 수밖에 없었다. 그렇게 대동단결하여 밤부르크 산맥으로 향했다.

"크큭, 그러고 보면 진짜 멍청하다니까."

"무혁?"

"그래, 이렇게 위치를 다 까발리면 당연히 우리처럼 노리는 사람이 있을 거 아냐."

"흐음, 그러게."

"뭔 자신감일까, 그냥 바보인가?"

수다를 떨며 이동하기를 몇 시간. 목적지에 도착했다.

키아아악!

몬스터를 처리하며 철광이 매장되어 있으리라 예상되는 지점으로 향했고 그곳에서 소수의 유저와 마주쳤다.

"엥? 뭐야?"

"그러는 너희는 뭔데?"

"우리? 여기 주인."

"미친놈, 내가 여기 먼저 찾았거든?"

그들 역시 철광을 노리는 유저들이었다.

"크큭, 돌겠네."

상황을 파악한 플래티넘 길드장이 명령을 내렸다.

"저 새끼들 족쳐 버리자고!"

"오우, 좋죠!"

"재밌겠는데요."

숫자에 압도된 소수 유저가 미간을 찌푸렸다.

"시발, 뭐하는 거야?"

"우리가 먼저 찾은 곳이라고!"

그 발악성에 플래티넘 길드장이 웃었다.

"지랄하네. 일루전TV 보고 온 거 다 알아, 새끼들아."

"이, 이익……!"

"죽어!"

한 번에 공격이 퍼부어진 탓에 그들은 로그아웃을 할 틈도 없이 녹아버렸다. 순식간에 죽어버린 그들을 무시한 채 자리를 잡는 플래티넘 길드원들.

"자, 이제 기다리자고."

하나같이 오연한 표정으로 산맥 아래를 내려다봤다.

무혁과 토벌대. 그들을 맞이하기 위해서.

같은 시각. 무혁과 일행은 밤부르크 산맥의 초입에 도착하기 전에 토벌대와 합류할 수 있었다.

[토벌대 파티로 인식됩니다.]

떠오른 메시지와 함께 사냥이 시작되었다.

먼저 왼쪽으로 향하면서 보이는 몬스터를 족족 잡기 시작했는데, 사냥 속도가 어마어마한 수준이었다. 덕분에 소량이긴 하지만 경험치 상승 메시지가 쉴 새 없이 올라왔다.

[경험치가 상승합니다.]
[경험치가 상승……]

물론 조금이라도 도움을 줬기에 가능한 일이었다.

예린의 다람쥐와 성민우의 정령들, 루돌프의 범위 공격의 경우에는 엄청난 수준까진 아니지만 나쁘지 않을 정도로 사냥에 기여하고 있었고 무혁은 토벌대와 비교해도 뒤처지지 않는 활약을 펼쳤다.

덕분에 산맥 주변 몬스터를 단시간에 쓸어버릴 수 있었다.

[토벌 효과가 적용됩니다.]
[몬스터가 일정 기간 동안 리젠되지 않습니다.]

그제야 잠깐의 휴식을 가졌다.

그 시간이 지나고 다시 출발한 그들은 초입을 지나, 중턱으로 올라갔다. 이번에도 마찬가지로 몬스터를 전부 토벌하면서 목적지로 향했는데 그 주변에 진을 치고 있는 유저를 발견하게 되었다.

"뭐야, 저 유저늘은?

"글쎄?"

무혁이 고개를 갸웃거렸다.

일루전TV라도 보고 왔나? 그런데 왜? 설마 철광에 욕심이 나서?

헤밀 제국 토벌대가 함께하는데, 설마 그 정도로 멍청한 유저가 있을 리가 없다고 생각한 무혁은 앞으로 나서 토벌대장과 나란하게 위치했다.

"아는 분들입니까?"

"전혀요."

무혁의 대답에 토벌대장이 그들을 차갑게 쳐다봤다.

"그대들은 누구이기에 이곳에 있는가?"

"그러는 당신들은 누군데요?"

"난 헤밀 제국 화이트 기사단의 단장이다."

"단장? 난 그냥 이방인인데요?"

"그렇다면 자리를 비켜줬으면 한다. 지금 제국 차원에서 중요한 일을 하고 있으니."

플래티넘 길드장이 피식하고 웃었다.

"싫다면요?"

"싫다……?"

"아니, 뭐라도 있어야 비켜주지 않겠어요?"

"뭘 달라는 거지?"

"작은 소란을 피하기 위한 금전적인 보상이라든가, 아이템이라든가."

토벌대장이 미간을 찌푸리며 무혁쪽으로 고개를 돌렸다.

"제 식대로 처리해도 되겠습니까?"

"그러세요."

플래티넘 길드장을 쳐다보며 토벌대장이 품에서 무언가를 꺼냈다.

보상인가?

300의 유저가 기대를 하며 지켜본다.

스윽. 나온 것은 한 장의 주문서.

어, 저건……!

무혁은 그 주문서가 무엇인지 단번에 알아봤다.

저 주문서가 보상이냐고? 아니, 절대로.

저건 앞으로 간간이 보게 될 숭고한 전투 주문서라는 것이다. 주문서를 사용하게 되면 일종의 결계가 쳐지는데 그 순간 내부에 있는 존재들을 파악하여 적과 아군으로 나눈다.

친구, 파티, 길드, 토벌대, 등등 여러 가지 패턴을 파악하여 정확하게 나눈 후 적이 모두 죽거나, 혹은 아군이 모두 죽어야만 사라지게 된다.

결계를 부술 순 없냐고? 그럴 수는 없다. 이 결계는 절대로 부서지지 않는다. 그렇기에 반드시 한쪽이 모두 죽어야만 해당 공간에서 벗어날 수 있는 것이다. NPC들은 100퍼센트 이긴다는 확신이 있는 싸움이거나 혹은 결판을 낼 수밖에 없는 중요한 전투에만 사용한다.

그런데 이걸 이방인에게 사용하면 어떻게 될까?

그들은 결계에 갇혀 로그아웃을 할 수 없게 된다.

한마디로…… 저들을 모두 죽이겠다는 단호한 의지를 한 장의 주문서로 표현한 것이다.

찌이익. 차가운 시선으로 주문서를 찢는 토벌대장.

새하얀 빛이 사방을 휘감고.

[숭고한 전투 주문서가 사용되었습니다.]

[결계가 설치되었습니다.]

[아군과 적군을 파악합니다.]

[한쪽이 몰살될 때까지 결계는 사라지지 않습니다.]

[로그아웃을 시도할 수 없습니다.]

벗어날 수 없는 결계에 갇히게 되었다.

"어, 시발, 뭐야?"

"내 눈이 잘못된 건 아니지?"

플래티넘 길드원이 당황하기 시작했다. 길드장은 더욱 그랬다.

"로그아웃이 진짜로 안 돼. 안 된다고!"

"이, 이런. 미친!"

"장난해? 이게 뭐냐고!"

"이딴 게 어딨어!"

"시바아아아아아아아앜!"

그사이 토벌대원이 거리를 좁혔다.

"으, 으어. 자, 잠깐! 잠깐만!"

토벌대장은 멈추지 않았다. 대답도, 망설임도 없었다.

저들이 무엇을 바라고 행동한 것인지도 파악하지 못할 정도로 멍청하진 않았으니까. 이미 선을 넘은 저들의 이야기를 들어줄 이유는 단 한 가지도 없었다. 그렇기에 지면을 보다 더 강하게 차며 검을 뽑았다.

"제압한 후, 포박하라!"

"예!"

토벌대장은 가장 앞에 있는 플래티넘 길드장부터 노렸다.

"이, 이 새끼들이······!"

플래티넘 길드장은 애써 상황을 합리화시켰다.

"시바, 이기면 되는 거야. 다들 정신 차려!"

"어, 어어······."

"정신 차리라고! 이길 수 있어!"

"그, 그래. 이기면······."

"전에 기사들이랑도 싸워봤잖아! 별거 아니야!"

"마, 맞아. 그랬지."

130레벨을 그냥 찍은 건 아닌 모양인지 빠르게 길드원을 다

독거리는 그였다. 다행스럽게도 이곳은 현실이 아니었기에 그들은 순식간에 대응할 준비를 마쳤다.

게다가 얼마 전, 기사와 시비가 붙은 게 오히려 도움이 되었다. 왕국의 기사였는데 생각보다 강하지 않았던 것이다.

맞이, 시킬 수 있어.

크게 외치던 플래티넘 길드장도 스스로의 말에 넘어갔다.

빠르게 방패를 꺼내고.

"흐읍!"

다가오는 토벌대장의 무기를 막았다.

카가각!

힘이 조금 부족해서 밀리긴 했지만 버틸 정도는 되었다.

"별거 아니잖아!"

그러면서 균형을 이동. 단검을 휘둘러 토벌대장을 노렸다.

물론 공격은 실패로 돌아갔다.

어느새 토벌대장이 측면으로 이동한 상태였기 때문이다.

"어……!"

날아온 검을 피하기 위해 바닥을 굴렀다.

"이 새끼가……!"

욕을 내뱉으며 스킬을 사용했다.

콰과과광!

토벌대장이 뒤로 주르륵 밀려났다.

폭발의 여파는 생각보다 컸다.

그게 유저들에게 자신감을 심어준 모양이었다.

"할 수 있어, 다 쓸어버리자고!"

확실히 저레벨 구간에서는 NPC가 왕이었다. 특히 병사나 기사는 덤빌 수조차 없는 수준이었다.

하지만 3년이 넘도록 성장을 한 유저들이 아직도 NPC들을 무서워해서야 어디 말이나 되는 일인가. 이젠 극히 일부의 NPC 실력자들을 제외한다면 일대일로 붙어도 밀리지 않는 것이 상위권 유저들이었다.

"꽤 하는군."

토벌대장이 다시 앞으로 나섰다.

"다시 오도록."

"큭, 미친 놈!"

두 사람뿐만이 아니라 다른 유저와 토벌대원 모두가 서로를 상대하는 중이었다. 하지만 그 접전은 오래 이어지지 않았다. 몇 번의 부딪힘 이후, 토벌대원들이 본격적으로 기술을 쓰기 시작한 것이다.

"이, 이런 젠자아아앙!"

"갑자기 뭐냐고!"

저들이 생각하지 못한 게 있었다. 이들은 결코 평범한 수준이 아니라는 사실이었다. 무려 헤밀 제국의 황제에게 보고가 올라갔고, 전권을 받게 된 아뮤르 공작이 특별히 신경을 써서 뽑은 것이 이들이었다.

"이방인이 꽤 강해졌군."

"그러게 말입니다."

"이젠 기술을 쓰지 않으면 비등한 정도인가?"

"조금 더 수련이 필요하겠군요."

"그래, 돌아가면 지옥훈련을 시작한다. 알겠나?"

"예!"

"알겠습니다!"

뒤에서 그 모습을 지켜보던 무혁이 웃었다.

뭐, 확실히…….

눈앞에 있는 토벌대원은 기술을 전혀 사용하지 않고서도 스킬을 난사하는 유저에게 밀리지 않았다.

레벨로 따진다면 대략 170 정도. 토벌대장은 아마도 180레벨을 넘어섰을 것이다. 처음부터 스킬을 썼다면 순식간에 녹이는 게 가능했겠지만 아무래도 이방인들의 실력이 궁금했던지 일부러 시간을 끈 것 같았다.

"포박은?"

"한 명도 놓치지 않았습니다."

"고생했다."

마무리를 지은 후 무혁에게 다가오는 토벌대장.

"추한 모습을 보였습니다."

"괜찮습니다. 일단 주변부터 정리할까요?"

고개를 끄덕인 토벌대장은 기사들에게 속박된 유저들을 데리고 제국으로 돌아가 감옥에 넣으라고 명령했고 일부에게는 이곳을 지키도록 했다.

"우리는 마무리를 지으러 간다."

"예!"

다시 토벌이 시작되었다.

키아아아악!

토벌대의 숫자가 줄어들긴 했지만 무혁과 성민우, 예린과 루돌프가 있었기에 사냥 속도는 결코 느리지 않았다.

플래티넘 길드원이 죽어 나가는 모습은 확실히 흥미로운 장면이었다.

-ㅋㅋㅋㅋㅋㅋㅋ, 진짜 웃긴 놈들이네.

-아니, 생각을 좀 해야지……

-헤밀 제국에서 나선 사안인데 저렇게 무작정 가면 어쩌자는 건지ㅎㅎ 뭐, 그래도 좋은 구경은 했지만요.

-대충 점령하고 물러나는 대신에 보상 좀 받으려고 한 거 같은데, 멍청한 생각이네요.

-ㅇㅈ

-근데 생각보다 NPC들이 강하네요.

-왕국보단 제국이, 제국 내에서도 남작, 자작, 백작, 후작, 공작에 따라서 기사들의 수준이 또 다른 거 같고요.

-그럼 황제가 지닌 기사가 제일 세겠네요.

-그렇겠죠ㅋ

-오우, 아무튼 저 사람들은 감옥에 갇히겠죠?

-그럴 듯ㅎㅎㅎ

-ㅋㅋㅋㅋㅋㅋ, 평생 나오지 마라.

-그건 너무 불쌍함ㅠㅠ

-길드 이름이 뭔지 아시는 분?

유저가 많아지니 정보 역시 홍수처럼 범람했다.

-어, 저 알아요!

-길드 이름 아세요?

-네,ㅋㅋ 저기가 플래티넘 길드에요. 예전에 안 좋은 일로 한 번 부딪
혔었거든요. 그래서 기억하고 있죠.

-아, 역시……

-하는 짓이 애초에 안 좋았던 듯.

-ㅉㅉ

-전 체크해 두고 지켜보렵니다. 어디까지 순위가 떨어지는지ㅋㅋㅋㅋㅋ

-전 헤밀 제국에 귀족 아는 사람 있는데 물어봐야겠네요.

-오, 공유 부탁드려요.

-ㅇㅋ요.

수다를 떠는 사이, 토벌대는 산택의 중턱에 존재하는 몬스
터 씨를 말려 버렸다.

잠시간의 휴식을 취한 후 곧바로 꼭대기로 향했다. 이어지

는 전투를 감상하면서 수다를 떠는 일루전TV 방청자들.

-아, 근데 궁금한 게 있는데…….

-ㅇㅇ?

-최근 무혁 님이 시야모드를 off로 해두셨네요?

-아, 그래요?

-네, 그래서 메시지 같은 걸 못 보고 있어요.

-ㅇㅇ, 전에도 어떤 사람이 그거 말하던데.

-자주 올라온 내용이긴 하죠ㅎㅎ

-아, 그래요?

-네, 그냥 무혁 님이 off로 바꾼 것 같아요.

-아…….

-그래도 VR모드는 가능하더군요. 메시지나 홀로그램 같은 건 안 보이지만요.

-답변 감사합니다!

답변을 하는 이들. 질문하는 자들.

그리고 무시한 채 화면을 주시하는 자들.

VR로 즐기는 자들.

그들은 각자의 방법으로 무혁과 함께하고 있었다.

밤이 늦은 시각. 밤부르크 산맥 정상까지 토벌을 마쳤다.

[밤부르크 산맥의 모든 몬스터가 토벌되었습니다.]
[몬스터가 일정 기간 동안 리젠되지 않습니다.]
[한 지역을 완벽하게 토벌하는 업적을 달성하셨습니다.]
[업적 포인트(50)를 획득합니다.]
[극대량의 경험치를 획득합니다.]
[레벨이 상승합니다.]
[명성(5,000)을 획득합니다.]
[칭호 '변화를 목격한 자'로 인해서 명성(500)을 추가로 획득합니다.]

꽤 많이 떠오른 메시지.

좋군.

보상이 참으로 만족스러웠다.

특히 업적과 명성. 업적이야 지금 당장 쓸 수 있고 그 가치가 무궁무진한 것이라면 명성은 아직은 사용할 수 없지만 머지않아 그 가치가 제대로 드러나게 될 숨은 필수품이었다.

"무혁 준남작님, 고생하셨습니다."

"토벌대장님도 고생했어요."

"일부만 남겨두고 저희는 가 보도록 하겠습니다."

"네."

토벌대 일부는 철광 매장 지역 주변을 경계했고 나머지는 헤밀 제국으로 돌아갔다. 무혁과 일행은 마을 입구에서 내일을 기약하며 로그아웃 했다.

"내일 보자."

"오케이!"

"오빠, 잘 자."

"그래."

같은 시각. 일루전 본사의 가장 꼭대기에서는 중년의 사내가 문서를 읽고 있었다.

"흐음."

한 장, 한 장 착실하게 넘겼다.

"확실히 심상치 않은 유저야. 특별이 이상한 건 없던가?"

"네, 평범한 유저입니다."

"하긴, 완벽함을 자랑하는 일루전에 버그 같은 게 있을 리가 없지. 그런데도 그간의 행보를 보면 정말 놀랍단 말이지."

"그렇습니다. 이번에도 그렇고……."

운영 총괄팀장. 그가 감시 팀의 보고서를 내려놓았다.

"뭐, 일단은 지켜보……."

그 순간 문이 열렸다.

"뭐야?"

"죄, 죄송합니다. 급한 보고라서……."

"말해."

"특별 감시 대상에 속한 유저가 철광 매장 지역을 발견. 헤밀 제국 황제에게 그 사실을 알려 도움을 받았습니다. 그 탓에 현재 산맥의 몬스터가 모두 토벌되었습니다."

"뭐……?"

총괄팀장이 다시 보고서를 들었다.

"지금 무슨 헛소리야? 이 보고서가 올라온 지 얼마나 되었다고 벌써 그딴 소리냐고! 아니, 아니, 잠깐만."

팀장이 호흡을 고른다.

"토벌 중이란 거겠지?"

"아, 아닙니다. 토벌이 끝났습니다."

"이런, 미친!"

"죄, 죄송합니다. 하루 만에 벌어진 일이라……."

그때 또다시 문이 열렸다.

"또 뭐야!"

"지, 지금 막 헤밀 제국에서 보낸 이들이 밤부르크 산맥의 철광석 매장 지역을 개발하고 있습니다."

"이 시간에?"

"예."

"이게 도대체 무슨……!"

"엄청난 속도로 일이 진척되고 있습니다. 이대로라면 며칠이면 철광을 캐고 가공하여 판매에 돌입할 겁니다. 그러면 특별 감시 대상이 촌장으로 있는 마을이 급속도로 성장하게 되고 자연스럽게 다른 유저들과의 격차가 상상할 수도 없는 수준으로 벌어지게 될 겁니다."

"알아, 안다고!"

총괄팀장이 관자놀이를 눌렀다.

"젠장, 별수 없지. 유저들을 믿는 수밖에."

"힌트 배치할까요?"

"후우, 그래. 배치해. 에피소드가 좀 빨리 흘러도 유저들이 잘 따라가길 바랄 수밖에."

"시행하겠습니다."

무혁이 꿈에 취해 히죽거리며 웃을 때. 운영진은 머리를 쥐어뜯으며 밤을 새웠고 유저들은 운영진이 숨겨놓은 힌트를 하나씩 얻으며 무혁의 기억보다 훨씬 더 빠른 속도로 성장하기 시작했다.

저녁 11시부터 오전 6시. 7시간을 자고 일어난 무혁은 평소보다 홈페이지가 더 활발하다는 느낌을 받았다.

뭔 일이라도 있나?

첫 페이지부터 눈길을 끄는 제목이 꽤 보였다.

[제목 : 히든 퀘스트 받았습니다ㅎㅎ]

[제목 : 아자자자자! 저, 새로운 직업 얻었어요!]

[제목 : 오우, 예! 대박 아이템 건졌음!]

[제목 : 와, 오늘 무슨 날임? 다들 건수 하나씩 챙기시네. 물론 저도

챙김^^]

하나씩 클릭해서 확인해 봤다.

"흐음."

유저들의 성상 속도기 이렇게까지 빨랐던가 의무이 들기는 했지만 이내 대수롭지 않다는 듯 어깨를 으쓱거렸다. 사실 현재의 무혁에게는 그리 대단치 않은 것들이었으니까.

자잘한 게 많아졌네.

운영자가 곳곳에 힌트를 배치하면서 발생한 상황이었지만 그 사실을 알 길이 없는 무혁은 그저 유저가 많아지면서 사건, 사고도 많이 발생하는 자연스러운 현상으로 치부했다. 아니면 행운이 폭발한 날이든가. 어느 쪽이든 크게 관심은 없었다.

"어?"

하지만 그런 무혁도 그냥 지나칠 수 없는 게 있었다.

[제목 : 보스 몬스터 등장!]

[내용 : 얼마 전에 저렙 존에서 보스 몬스터가 등장했었는데요. 다들 기억하시죠? 그때는 랭커분들이 오셔서 순식간에 녹여 버렸죠ㅠㅠ. 너무 아쉬웠습니다. 그 아쉬움을 달래주기라도 하려는 걸까요. 이번에는 무려 150레벨에 보스 몬스터가 등장했다는 사실……! 등장 시간은 오전 6시 45분이고요. 소식을 들은 상위 랭커들이 모이고는 있는데 몬스터가 너무 강해서 지금 제대로 대미지를 못 주고 있네요. 게시글로 소식 접하는 랭커분들, 어서어서 모이세요! 한 대라도 쳐서 보상 얻으셔

야죠! 장소는 레드베어의 초원입니다. 초원 초입이라 바로 보이실 겁니다ㅎㅎ 늦지 않게 오세요!]

댓글도 상당히 달렸다.

└오, 달려갑니다!
└저도요, 150레벨 보스 잡으면 보상도 쩔겠네요.
└캬, 130레벨인데 타격만 입히고 빠져서 구경이나 해야겠음.
└ㅋㅋㅋㅋㅋㅋ
└저렙이라.ㅠㅠ
└일루전TV로 감상이라도 하세요.
└그래야겠어요ㅠㅠ

무려 150레벨의 보스 몬스터. 이건 놓칠 수 없지.
곧바로 성민우, 예린, 루돌프 세 사람을 단체방으로 초대한 후 문자를 남겼다.

[레드베어 초원에 150레벨 보스몬스터 등장했다고 해서 거기 가려고 하는데 같이 갈 사람은 5분 안으로 답장.]
[오빠! 나 지금 접속할게!]

예린이 가장 먼저 대답했다.
뒤이어 성민우.

[아, 이제 막 일어났는데……]

[따로 와라.]

[그건 아니지. 잡고 밥먹지, 뭐. 나도 접속함.]

마지막으로 루돌프까지.

[저도 접속할게요.]

[좋을 대로.]

이후 캡슐에 누우려는데 전화가 걸려왔다.

반달 유저였다.

"여보세요."

-아, 저예요.

"네."

-문양이 꽤 만들어져서요.

무혁의 눈이 빛났다.

타이밍도 좋고.

"헤밀 제국이죠?"

-네!

"그럼 1시간 뒤, 광장에서 뵙죠."

-알겠습니다!

통화를 종료하고 일루전에 접속했다. 주위를 둘러봤지만 접속한 사람은 아직 없었다. 처음 보는 이들이 꽤 늘어났는데 아무래도 무혁의 방송을 보고 온 유저들인 모양이었다. NPC로 보이는 자도 꽤 있었고.

마침 토벌대원 한 명이 눈에 들어왔다.

"실례합니다."

"아, 무혁 준남작님이시군요."

"네, 알아보시네요."

"물론이죠. 같이 사냥까지 했는 걸요."

무혁이 웃으며 몇 가지를 물었다.

"진행 상황은 어떻게 되어가나요?"

"소식 아직 못 들으셨군요."

"네."

"지금 철광 매장 지역을 폭발시키는 등, 개발에 한참입니다. 그래서 헤밀 제국에서 꾸준히 사람을 보내고 있지요."

"그렇군요. 개발에 시간이 꽤 걸리겠죠?"

"아무래도요."

시기도 딱 적당했다. 한동안 할 일도 없을 테고. 라카크에게 마을의 운영을 맡기고 보스 몬스터를 잡고 오면 될 것 같았다.

토벌대원에게 고맙다는 말을 남긴 후 마을 중앙, 낡은 집으로 향해 문을 두드렸다. 끼이익 소리와 함께 라카크의 얼굴이 보였다.

"아, 촌장님."

"계셨네요."

"물론이지요. 그런데 무슨 일로……?"

"제가 잠깐 다녀와야 할 곳이 생겨서요. 그동안 마을을 좀 부탁드리려고 찾아왔어요."

"오래 걸리는 일입니까?"

"하루나 이틀이면 될 거예요."

"문제없습니다. 걱정하지 말고 다녀오십시오."

"고마워요."

인사를 하고 돌아서니 성민우가 보였다.

"왔냐."

"어, 다른 사람은?"

"아직."

대답하기가 무섭게 예린과 루돌프가 나타났다.

"다 왔네."

"응!"

"바로 가자, 일단 헤밀 제국으로."

"왜?"

"필요한 아이템이 있어서."

"그래, 뭐. 어차피 워프 게이트 타면 되니까."

넷은 무혁이 소환한 군마에 탑승한 후 워프 게이트가 있는 마을로 이동. 곧바로 헤밀 제국으로 향해 개인적으로 정비시간을 가졌다.

"조금 있다 광장에서 보자."

"응!"

무혁도 몇 가지 물건을 구입한 후 광장으로 향해 반달 유저와 만났다.

"기다리셨죠?"

"아뇨, 방금 온 걸요."

"다행이네요. 문양은 총 몇 개나 되죠?"

"지금 50개 있네요."

"일단 옵션부터 좀 볼까요?"

"네!"

문양을 하나씩 확인했다.

[작은 힘의 문양]

기존과 같았다.

다른 건……

몇 개를 더 살피던 무혁이 미소를 지었다.

역시. 스탯 3개짜리를 발견한 덕분이었다.

[적당한 체력의 문양]

소환수 체력 +3

내구도 : 무한

제한 조건 : 소환수.

반달을 보며 물었다.

"기존 문양은 23골드, 스탯 3개짜리는 30골드. 맞죠?"

"네, 맞아요."

가격을 지불한 후 거래를 마쳤다. 1,200골드가 넘어가는 거금이 한순간에 빠져나갔지만 무혁은 결코 지금 사용하는 이 돈이 아깝지 않아. 스탯 2개, 3개라면 충분히 그 정도의 가치가 있었으니까. 아니, 사실은 30골드 이상이라고 감히 단언할 수 있었다. 따지자면 무려 3레벨 수준이 아닌가. 절대 비싼 가격이 아니었다.

"아주 좋네요."

"아, 다행이에요."

반달은 안도하며 몸을 일으켰다.

"그럼 좀 쌓이면 또 연락드릴게요."

"네, 그럼."

거래를 마친 무혁은 인적이 드문 곳으로 이동한 후 스켈레톤을 소환했다. 곧바로 문양을 하나씩 흡수시켰다.

[스켈레톤 '아머아처1'이 작은 민첩의 문양을 흡수했습니다.]
[스켈레톤 '아머메이지1'이 적당한 지식의 문양을 흡수했습니다.]
……

지금은 작은 문양과 적당한 문양의 비율이 7대3 정도 수준이었지만 다음에는 5대5 혹은 그 이상이 되지 않을까 싶었다. 어쩌면 스탯 4개짜리가 나올지도 모르고 말이다.

직업에 맞게 문양을 모두 흡수시킨 후 광장으로 돌아갔다.

5분 정도를 기다렸을 무렵.

성민우를 선두로 하여, 예린과 루돌프가 모습을 드러냈다.

"여, 왔다."

"정비는 다 끝났지?"

모두 고개를 끄덕였다.

"그럼 가자고. 군마 소환."

"으차."

군마에 올라탄 네 사람은 워프 게이트로 향했다.

"어디로 가시겠습니까?"

"카라스 마을로."

가격은 지불한 후 카라스 마을로 워프한 네 사람은 애초에 이런 상황을 예상했다는 듯, 번잡한 마을을 보면서도 딱히 미간을 찌푸리거나 불평불만을 토로하지 않았다. 강한 보스 몬스터가 나타난 이상, 당연한 일이었으니까.

"다들 보스 몬스터 잡으려고 온 거겠지?"

"그렇겠지."

"크, 서둘러야겠네. 늦으면 때리지도 못하겠다. 예전에야 좀 고생했지만 지금은 전체적으로 레벨도 높아졌고. 유저도 많고, 금방 잡겠는데?"

성민우의 말에 무혁이 웃는다.

글쎄, 그건 아닐 텐데.

150레벨의 보스 몬스터는 과거에 잡았던 녀석과는 급이 다르다. 등급이라는 말로도 표현하기 어려운 수준. 한 차원이 더 높다고 할까. 일단 사용하는 스킬부터 최소 3개일 것이 분명했다. 능력이 뛰어난 녀석은 4개를 사용하기도 한다.

1개의 스킬을 지닌 보스 몬스터와 세 개, 혹은 네 개의 스킬을 지닌 보스 몬스터. 그 차이는 직접 경험해 봐야지만 알 수 있으리라. 아무리 설명해도 감이 잡히지 않을 테니까.

"방심하다 훅 간다."

"에이, 설마."

무혁의 표정에 성민우가 침을 삼켰다.

"그 정도로 강하려나?"

"아마도."

"흐음, 네가 하는 말이라 그냥 흘러듣기도 뭐하네."

"그럼 귀담아들어."

"쩝, 오케이. 긴장하지, 뭐."

옆에 있던 예린도 주먹을 꼬옥 쥐었다. 그 모습이 또 귀여워서 괜히 미소가 그려졌다. 루돌프 역시 약간 긴장한 표정이었고.

약간의 긴장감은 필요하지.

그때 무혁과 그 일행에게 따라잡힌 유저들이 부러운 눈빛을 보냈다.

"아, 또 군마네."

"쩝, 부럽다, 부러워."

"우리도 조폭 네크로맨서 한 명 파티에 끼울 걸 그랬나."

"다음엔 꼭 그러자고."

"다음이 문제냐, 지금 당장이 문제지."

"하아, 걸어서 언제 거기까지 가냐고……."

"그럼 조폭 네크로맨서 보이면 부탁이나 해볼까?"

"으음, 그럴까?"

그들의 대화를 뒤로 한 채 속도를 높였다.

파바밧.

목적지가 머지않았다.

까만 점 하나가 보이기 시작할 무렵.

후우웅.

불어오는 바람이 얼굴을 때렸다.

"워, 이거 뭐야?"

"진동인 것 같은데."

"미친. 저렇게 멀리 있는데 여기까지 진동이 느껴진다고?"

예린의 표정이 죽었다.

"오빠, 잡을 수 있을까?"

"너무 위험하게 다가가진 말고. 다람쥐로 견제만 해."

"으응, 알겠어."

"형, 저는요?"

"넌 멀리서 활이나 날려."

"네……."

"야, 나는!"

"정령으로 때려잡아, 병신아!"

"오케이!"

시답잖은 대화를 나누며 거리를 좁혀 나갔다.

쿠후우웅!

강력한 폭발과 함께 또다시 격렬한 공기의 떨림이 느껴졌다. 조금 더 향하자 작은 점이 커지면서 몬스터의 형상을 이루기 시작했다.

동시에 보이지 않던 다른 점들이 모습을 드러냈다. 작은 점은 그 수가 워낙에 많아서 마치 검은색으로 이뤄진 땅을 보는 것만 같았다. 아마도 보스 몬스터의 주변을 빼곡하게 채운 유저들일 것이다.

속도를 높일수록, 그리고 시간이 지날수록 작았던 점들도 형상을 이루기 시작했다. 이젠 보스 몬스터는 확실하게 그 생김새가 드러난 상태였다. 녀석은 유저들을 짓밟고 있었다.

그것도 압도적으로.

"와, 미친……"

성민우가 욕을 뱉었고, 예린과 루돌프는 기가 질린 표정이었다.

한 사람. 무혁은 웃고 있었다.

두근, 두근.

제대로 된 전투를 할 수 있을 거라는 생각에 절로 가슴이 뛰기 시작한 탓이었다.

더 빨리. 속도를 한층 높이고.

"왔다."

드디어 공격이 가능한 거리까지 접어들었다.

"다들 조심하고."

"오케이!"

"응, 오빠도."

"네, 형."

군마에서 내린 무혁이 스켈레톤과 자이언트 외눈박이, 그리고 어둠을 소환했다. 자리를 잡기도 전에 기마병이 앞으로 나아갔다. 녀석들은 달리면서 대열을 맞췄고 자이언트 외눈박이와 어둠, 아머나이트와 검뼈, 그리고 무혁이 그 뒤를 따랐다.

-와, 이제 싸우나요!

-오오, 시작한다……!

-지금 VR 쓰고 대기 중이요.

-빨리 싸우라고!

-갈아입을 팬티도 두 장 준비했음.

-전 세 장ㅋㅋㅋ

-으으, 긴장된다.

-오오, 지금 출발하고요!

-무혁 님도 움직이네?

발광하고 있는 150레벨 보스 몬스터. 빅 레드베어.

놈과의 전투가 시작되었다.

한 줄기의 예리함이 빅 레드베어의 피부에 닿았다.

카가각!

공격을 당한 빅 레드베어가 귀찮다는 듯이 손을 휘젓자 말을 탄 뼈다귀 한 마리가 뒤로 날아가 버렸다.

그 사실을 당연하게 받아들인 빅 레드베어가 주변에서 알짱거리는 다른 인간들에게 시선을 주는 순간 또다시 다리 뒤쪽, 같은 공간에서 감각이 올라왔다.

카가각!

말을 탄 뼈다귀. 전에 그놈과 똑같이 생긴 녀석이 손에 들린 무기를 앞으로 내지른 것이다.

가속 찌르기!

다시 손을 휘저어 놈을 날려 버렸으나.

가속 찌르기! 가속 찌르기!

계속해서 같은 녀석이 다가와 생채기를 남겼다. 들러붙는 공격에 귀찮음을 느낀 빅 레드베어가 괴성을 내질렀다.

크아아아아아앙!

거대한 불꽃이 사방으로 번지면서 폭발이 일어났다. 아무도 다가오지 못하는 지금. 빅 레드베어는 스스로의 강함에 도취되어 한가로이 여유를 만끽하려고 했으나.

카가각!

어이가 없게도 말을 탄 뼈다귀는 폭발을 꿰뚫고 들어왔다.

가속 찌르기!

손을 휘저어 던져 버리고. 발로 차서 짓이기고. 몸으로 밀어내어 터뜨리고. 기술로 압도했으나.

가속 찌르기!

똑같이 생긴 녀석은 아직도 달려들고 있었다.

크워어어어어!

거칠게 포효하며 짜증을 온몸으로 표현했다.

부수고 깨뜨리고 찢어버린다.

이 녀석은 불사신인가?

똑같은 녀석이 끝도 없이 밀려온다.

몇 놈이나 처리했지?

정말 징그러울 정도로 지독했다.

이제 그만 오란 말이다!

포효를 내지르며 또다시 팔을 휘젓고 주변을 둘러보니 드디어 말을 탄 녀석들이 보이지 않았다. 흡족하게 웃고 있는데 이번에는 말을 타지 않은 뼈다귀가 다가오더니 검과 방패로 귀찮게 굴기 시작했다.

짜증을 넘어, 분노가 솟구치는 순간이었다.

분노는 붉은 기류가 되어 빅 레드베어의 전신을 휘감았다.

이윽고 하늘로 솟구치더니 붉은 비를 뿌리기 시작했다. 붉은 빗물에 맞은 유저들은 혼비백산, 빅 레드베어와 거리를 벌리기 위해 악착같이 도망쳤다. 그러나 역시 뼈다귀는 도망치지 않았다. 방패로 막지 못한 부위가 녹고 있음에도 목숨을 도외시한 채 다가와 공격을 퍼부었다.

강한 일격!

게다가 위치 역시 말을 탄 뼈다귀가 공격한 그 부위였다.

강한 일격! 강한 일격!

다시 몸을 틀며 뼈다귀를 처리하기를 수차례.

크흐으으.

빅 레드베어, 자신과 비교해도 덩치가 꿀리지 않는 수준의 거대한 뼈다귀 한 마리가 정면에서 달려들었다. 다리 뒤쪽을 노리는 뼈다귀를 처리하기 위해 상체를 비튼 상대라 제대로 막아내지 못했다.

쿠우웅!

그대로 거대한 뼈다귀와 바닥을 굴렀다. 그 순간 둥그런 모양의 어두운 무언가가 몸을 파고들어 왔다.

정신이 붕괴되는 기분이었지만 이내 복구된다. 또다시 붕괴되는 암담함, 이후 빠르게 복구되는 안락함을 느낀다.

반복되는 기묘한 현상에 빅 레드베어가 멈칫거렸고. 거리를 두고 있던 검, 방패 뼈다귀가 이 순간을 기다렸다는 듯, 모두 덮쳐 왔다.

키릭, 키리릭!

앞발과 뒷발에 들러붙은 채 손에 들린 검을 꽂아 넣는다. 물론 피부가 단단해서 타격은 크지 않았지만 지금까지 계속 공격을 당한 다리 뒷부분이 욱신거렸다.

하필이면 그곳으로 거대한 뼈다귀의 주먹에 내리꽂혔다.

단단했던 피부가 꿰뚫렸다. 고통에 없던 힘도 샘솟았다.

몸을 벌떡 일으키려는데 거대한 뼈다귀 녀석이 너클처럼 생긴 주먹을 비틀어 버렸다.

크워어어어어!

이번에는 견디지 못하고 괴성을 내질렀다.

뒤이어 올라오는 수치심. 세 번째 기술, 괴력 폭발을 사용하자 전신이 보라색 빛으로 휘감겼다.

가볍게 몸을 털어내는 순간.

파사삭.

온몸에 붙어 있던 뼈다귀들이 터져 버렸다. 물론 거대한 뼈다귀는 비틀거리며 물러설 뿐, 아직도 굳건하게 버티는 상태였다.

하지만 어떠한 위협도 느낄 수 없다는 듯, 빅 레드베어는 거대한 뼈다귀에게 다가가 앞발을 휘둘렀다.

마치 번개처럼 내리꽂히는 앞발.

꽈드득.

거대한 뼈다귀의 목이 날아가고.

쿠아아아앙!

승리의 포효를 부르짖는다. 이젠 인간들 차례다.

사방에 포진한 먹잇감을 단숨에 제압하기 위해 지면을 차고자 했다. 상체를 숙이고 앞발과 뒷발을 이용해 지면을 밀어내려는 순간.

꽈광, 꽈과과과광!

어느새 날아온 뜨거운 기운이 앞발을 태우고, 시린 기운이 뒷발을 얼린다. 숨을 멎게 만드는 극독이 신체를 무겁게 만들고 자라나는 풀잎이 몸을 억압했다. 무수한 마법이 빅 레드베어를 제압했으나 그 순간은 찰나였다.

쿠웅.

그저 느려졌을 뿐. 여전히 빅 레드베어의 앞발과 뒷발을 움직이고 있었다. 힘이 절정에 달했을 때 몸을 밀어냈는데 그 순간 전신을 억압하던 마법적인 기운이 단숨에 깨져 버렸다. 마치 유리처럼.

뒤이어 쏟아지는 뼈의 빗줄기는 무시한다.

퉁, 투웅!

등에 맞고 가죽에 튕겨질 뿐이었으니까.

푸욱.

그 순간 날아와 꽂힌 한 대의 화살.

콰아앙!

폭발과 함께 상당한 통증을 느꼈다. 날아온 곳을 쳐다보니 인간 한 명이 시위에 화살을 걸고 있었다.

또다시 날아온 화살.

이번에는 다수의 화살이 전신에 꽂혔다. 역시 통증이 상당했다. 강한 타격에 자연스럽게 분노를 표출할 대상이 그로 바뀌었다.

인간……!

순식간에 거리를 좁힌 후 앞발을 휘둘렀다.

제6장
무제한 공급

보랏빛으로 물든 이후, 빅 레드베어의 움직임이 달라졌다.

"허어."

소환수가 녹아버린 것이다. 예린의 다람쥐, 성민우의 정령들이 뒤이어 덮쳤지만 마찬가지였다.

그나마 일부 유저만이 제대로 된 타격을 입히는 상태였다.

무혁 역시 그에 속한 유저였기에 꾸준히 공격을 퍼부었다.

풍폭, 강력한 활쏘기. 풍폭, 연사.

그 순간 놈이 무혁을 쳐다봤다.

아무래도 어그로가 튄 모양.

윈드 스텝으로 놈과 거리를 벌리려고 했는데 생각처럼 되지 않았다. 보랏빛으로 휩싸인 빅 레드베어가 예상보다 더 빨랐던 탓이었다.

"흡!"

어느새 지척에 도달한 빅 레드베어.

놈이 휘두른 앞발을 몸을 비틀며 겨우 피해냈다.

빨라!

놀란 무혁이 다급히 속도를 높였다.

파바밧.

빅 레드베어의 등 뒤로 이동하면서 활을 검으로 변형, 풍폭을 걸고 십자 베기를 사용하려는데 머리 위로 칼날 같은 바람이 내리꽂힌다.

미친!

공격을 포기하고 바닥을 굴렀다.

정신을 집중한다. 공격은 무리였기에 오직 피하는 것에만 주의를 기울였고 덕분에 무혁이 놈을 유인하는 모양새가 되었다. 정확한 상황을 알지 못하는 일부 유저가 스킬을 난사하면서 다행스럽게도 어그로가 그들에게로 튀었다.

크워어어어!

빅 레드베어가 멀어지는 모습을 보고서야 무혁이 자리에 멈췄다.

"후아……."

성민우와 예린, 루돌프가 다가온다.

"괜찮냐?"

"오빠, 괜찮아?"

힘겹게 고개를 끄덕였다. 진이 다 빠진 표정.

"뭐야, 유인한 거 아니었어?"

"아니."

"그럼?"

"죽기 싫어서 전력으로 도망만 친 거야."

"헐……."

루돌프가 심각한 표정을 짓는다.

"그 정도예요, 형?"

"어. 죽는 줄 알았다, 진심으로."

이번 격돌로 깨달았다. 저 보랏빛이 사라질 때까지는 최대한 조심하기로.

"시간제한이 분명 있을 테니까, 최대한 사리자고."

"알겠어, 오빠."

"오케이!"

"그럴게요."

물론 때때로 공격을 하기는 했다. 어그로를 끌지 않을 수준으로만 말이다. 그러다 실수로 어그로가 끌리면 아머아처나 아머메이지에게 강력한 공격을 명령했다.

크워어어!

어그로를 끈 소환수가 역소환되었다.

풍폭으로 인해 추가 대미지가 들어가고 자연스럽게 기여도가 상승했다.

[기여도가 상승합니다.]

전투가 이어지는 와중에, 기여도 순위를 수시로 확인했다.

[기여도 현황]

1위. 담력, 파워궁수 : 5,770점

2위. 두부, 정령사 : 5,720점

······

893위. 무혁, 조폭네크로맨서 : 1,277점

939위. 루돌프, 언트루 아처 : 1,039점

1,001위. 강철주먹, 정령파이터 : 941점

1,241위. 예린, 강화조련사 : 889점

무혁은 현재 893위였다. 일행은 그보다 낮은 순위였고.

상위권에 있는 이들은 보스 몬스터가 나타난 초기, 적어도 30분 전부터 기여도를 꾸준하게 올린 유저들이었다. 전투를 시작한 지 얼마 되지 않는 네 사람이 이 정도까지 순위를 올렸다는 건 충분히 대단한 일이었다. 물론 지금은 소환수도 없었고 또 최대한 사리면서 공격을 하는 상태라 꾸준한 하락세였지만 결코 조급해하진 않았다.

괜찮아, 아직은.

어차피 스켈레톤을 재소환하기 위해서라도 시간이 필요한 상황이었기 때문이다.

조금씩 높이면 돼.

그러는 사이 충분히 시간이 흘러 빅 레드베어의 신체를 휘감고 있던 보라색 빛이 사라졌다. 마침 스케레톤 소환 쿨타임도 돌아왔다.

"소환."

다시 빅 레드베어, 놈을 괴롭힐 시간이 왔다.

돌격

아머기마병이 선두로 나서고 그 뒤를 아머나이트와 자이언트 외눈박이가 따른다.

쿠구구궁.

먼지를 휘날리며 도착한 아머기마병이 창을 내질렀다.

가속 찌르기!

하지만 빅 레드베어는 어렵지 않게 피해내면서 공격을 해왔다. 단단해 보이기만 하던 뼈 갑옷이 으스러졌고, HP가 크게 깎여 나갔다. 군마에서 떨어진 기마병을 쫓아간 빅 레드베어가 발을 몇 번 짓밟아 버리자.

['아머나이트7'이 역소환됩니다.]

HP가 0이 되면서 사라졌다.

가속 찌르기!

그 틈을 노리며 다른 아머기마병이 다리 뒤쪽을 노렸다.

크워어어어!

몸을 틀며 빅 레드베어가 앞발을 갈겼다. 이번에도 아머기마병이 군마에서 떨어졌지만 방금 전처럼 쫓아가지는 못했다.

다른 아머나이트가 또다시 공격을 시도한 탓이었다. 그것도 다리 뒤쪽, 같은 부위를.

똑같았다.

지독스럽게도 짜증이 났던 얼마 전의 패턴과 너무나도 똑같았다. 하지만 이성보다는 본능에 따르는지라 그 사실을 미처 깨닫지 못한 빅 레드베어는 짜증과 분노를 담은 괴성을 내지르며 쉴 새 없이 공격을 퍼부었다.

확실히 강해.

무혁은 미간을 찌푸리며 아머아처와 아머메이지까지 앞으로 내보냈다. 아머기마병은 이미 모두 사라진 상태였고 자이언트 외눈박이와 아머나이트가 놈을 귀찮게 하는 지금, 거리를 좁힌 아처와 메이지가 공격을 준비한 채 대기한다.

['아머나이트2'가 역소환됩니다.]

['자이언트 외눈박이'가 역소환…….]

끝내 자이언트 외눈박이와 아머나이트가 모두 역소환되었을 때.

공격 개시.

아처와 메이지가 한 번에 스킬을 난사했다.

쾅, 콰과과과광!

강력한 폭발, 치솟은 먼지. 그 모든 걸 꿰뚫으며 상처 입은 빅 레드베어가 달려들었다.

콰드득.

HP가 낮은 탓에 아머아처와 아머메이지가 녹아버렸다. 하지만 미리 풍폭을 걸어놓은 탓에 역소환을 당하면서도 놈에게 대미지를 줄 수 있었다.

[기여도가 상승합니다.]

[기여도가 상승…….]

빅 레드베어가 또다시 괴력 폭발을 사용했을 땐, 어둠을 제외한 모든 소환수가 죽은 후였다. 무혁은 388위까지 올라간 순위를 확인하며 미소를 지었고 이내 고개를 들어 유저들을 학살하는 빅 레드베어를 두 눈에 담았다.

스켈레톤이 빅 레드베어를 괴롭힐 때면.

파바밧.

무혁 역시 활발하게 움직였다.

"크으……!"

윈드 스텝을 사용하여 빅 레드베어의 지척에서 사투를 벌일 땐 온몸에 힘이 들어가면서 식은땀이 흐를 정도였다.

"허업! 흐으어어어……!"

목이 경직되면서 움츠러들고 긴장으로 얼룩진 침이 목구멍을 타고 흐르고 동공이 크게 확대되기를 반복한다.

"후, 후아……."

그리고 찾아온 안정기.

스켈레톤이 빅 레드베어에게 모두 몰살을 당하고서야 겨우 VR 기기를 벗었다.

"미친, 어후."

그야말로 대박 중에서도 대박.

욕밖에 나오지 않을 정도로 스릴이 엄청났다.

그냥 있을 순 없지.

이마에서 흐르는 땀을 닦은 후 일루전TV 채팅창에 마우스 커서를 눌렀다. 빠른 속도로 타자를 치기 시작했다.

-VR기기로 보신 분?

-저요!

-저도요ㅋㅋㅋㅋㅋㅋㅋㅋ

-미친 듯…….

-저 기절 좀 하고 올게요.

몇 사람이 있었다.

사내는 웃으며 손을 다시 놀렸다.

-진짜 엄청나지 않아요? 저 너무 긴장해서 땀으로 샤워한 기분이네요.

-맞아요ㅠㅠ 스킬 사용할 때의 움직임은 진짜 최상위 랭커 도적 계

열 유저 뺨치는 수준이니까요.

-ㅇㅈ합니다.

-ㅋㅋㅋㅋ, 한 20분 뒤에 또 스켈레톤 소환할 듯.

-ㅇㅇ, 쿨타임 돌아오면 다시 VR 기기로 구경해야겠네요. 지금은 그냥 화면으로 여유롭게 시청하렵니다

-저도요ㅋㅋ

-너무 힘이 빠졌음ㅋㄷ

-VR로 보는 게 그렇게 재밌나요?

-네, 미쳐요!

-아, 질러야 되나……

-필수품이죠. 지르세요ㅎㅎ

-으으……!

채팅을 치면서 놀다 보니 어느새 시간이 지나 버렸다.

-엇, 소환했는데요?

-벌써요?ㄷㄷ

-저 VR로 보고 오겠습니다!

-저도!

사내도 다급히 VR 기기를 착용했다. 마침 스켈레톤을 앞으로 보낸 무혁이 윈드 스텝을 사용했다.

"오, 오오……!"

또다시 전율로 범벅될 시간이 도래했다.

아무리 멍청해도 세 번, 네 번 반복되면 깨닫게 마련이다.

무혁은 스켈레톤을 소환하여 빅 레드베어의 다리 뒤쪽, 같은 부위를 공격하는 방법만 무려 일곱 번을 사용했다. 그렇기에 빅 레드베어 역시 그 사실을 인지할 수밖에 없었다.

문제는 하나. 인지해도 피할 수 없다는 사실이었다.

크워어어어!

그게 빅 레드베어의 멘탈을 흔들었다.

쑤욱.

그 순간 신체로 들어온 정령, 어둠이 정신까지 고갈시켜 버렸고.

푸욱.

날아온 화살에 묻은 각종 독과 물약이 신체를 헤집었다.

으, 으어어어…….

움직임이 둔화되고 기이한 환상이 보인다.

빅 레드베어가 허우적거리는 동안.

"지금, 지금이라고!"

"어서!"

"난사 타이밍이다!"

각종 스킬이 놈의 신체에 꽂혔다.

콰과과과광!

그간의 대미지와 지금 꽂힌 파괴력이 결합되어 빅 레드베어, 놈을 휘청거리게 만들었다. 특히 상처 입은 곳을 헤집고 들어가는 날카로운 화살에 가장 큰 반응을 보였다.

괴성과 함께 터지는 불꽃의 축제.

빅 레드베어에게서 터진 활화산이 주변을 태워 버렸다.

그것만으로는 부족해서 붉은 비를 넓은 범위로 흩뿌렸으나 소용이 없었다. 범위에 속한 유저들을 죽이긴 했지만 그보다 더 많은 이가 남아 있는 상태였기 때문이다.

무혁 역시 살아남았다. 놈이 스킬을 사용할 시기라 판단해 뒤로 물러난 덕분이었다.

그래도, 아직은 아니야.

앞선 두 가지 기술보다 더 강력한 스킬이 남았다. 그걸 사용하기 전까진 뒤에서 화살이나 날려 보낼 생각이었다.

풍폭, 강력한 활쏘기.

공기를 터뜨리고 나아간 화살이 빅 레드베어의 몸에 꽂혔다.

그 순간이었다.

크아아아아아아!

놈이 드디어 사용했다, 괴력 폭발을.

보랏빛으로 물든 채 사방을 휩쓸기 시작한다.

물약과 독, 그 모든 걸 무시해 버린 채 순식간에 유저들을 압살했다.

"아, 이런 미친!"

"피, 피해!"

도착한 지 얼마 되지 않는 유저는 아무것도 모른 채 죽었고 괴력 폭발의 존재유무를 알고 있는 이들은 그럴 줄 알았다는 듯, 거리를 벌린 채 상황을 주시하기 시작했다.

"아, 놔!"

"좀 살려 달라고!"

"힐부터!"

놈이 앞발을 한 번 휘두를 때마다 서너 명의 유저가 즉사했다. 한 번 돌격할 때마다 해당 라인에 있던 수십의 유저가 짓이겨졌다.

시간은 흐르는 법. 보랏빛이 흐려지기 시작한다.

지금!

자이언트 외눈박이와 스켈레톤이 앞으로 쏘아진다. 무혁도 지면을 강하게 차면서 놈과의 거리를 좁혔다.

윈드 스텝.

충분히 가까워졌을 무렵.

[어둠의 힘이 적용됩니다.]

[MP가 지속적으로 소모됩니다.]

[빅 레드베어에게 고정 대미지(30)를 입힙니다.]

[MP(3)를 흡수합니다.]

[HP(3)를 흡수합니다.]

거리가 좁혀진 탓에 어둠의 힘이 적용되었다. 거의 동시에 자이언트 외눈박이가 빅 레드베어를 뒤에서 끌어안았다. 잠깐이나마 움직임에 제한이 생긴 상태. 무혁은 놈의 앞으로 이동해 가볍게 점프했다.

풍폭, 십자 베기, 눈을 노리며 검을 그었다.

위로, 그리고 옆으로. 십자 모양의 빛이 터지면서 빅 레드베어에게 큰 충격을 안겨줬다.

[크리티컬이 터집니다.]
[2,088의 대미지를 입힙니다.]
[3,758의 추가 대미지를 입힙니다.]

빅 레드베어가 포효하더니 자이언트 외눈박이를 날려 버렸다. 자유의 몸이 된 녀석이 무혁을 향해 짓쳐들었지만 무혁은 피하지 않았다.

공포 자극. 정령, 어둠이 놈에게 흡수되었고.

[빅 레드베어가 3초간 경직 상태에 빠집니다.]

무혁은 그 틈을 이용해 뒤로 물러섰다. 그 움직임과는 반대로 아머기마병과 기마병, 아머나이트와 검뼈는 오히려 놈에게 달려들었다. 그러곤 주변을 빼곡하게 채웠는데 그 순간 허공이 무언가로 촘촘히 채워졌다.

무수한 화살, 그리고 마법들이었다.

쾅, 쾌과과광!

무참히 쏟아진 스킬들에 폭발하는 스켈레톤들.

['검뼈7'이 역소환됩니다.]

[721의 추가 대미지를 입힙니다.]

[공포 자극으로 인해 108의 추가 대미지를 입힙니다.]

[기여도가 상승합니다.]

['아머나이트5'가 역소환됩니다.]

[721의 추가……]

풍폭과 공포 자극이 결합되면서 무시무시한 대미지를 선사했다. 더 이상 버티지 못한 빅 레드베어가 뒤로 쓰러졌다.

[경험치를 획득합니다.]

[기여도 현황]

1위. 무혁, 조폭 네크로맨서 : 73,553점

2위. 담력, 파워궁수 : 73,522점

3위……

31점을 앞선 덕분에 무혁이 겨우 1위를 차지할 수 있었다.

마지막 순간, 스켈레톤에게 풍폭을 걸어 올인 전략으로 나선 게 주효했다. 그게 아니었다면 절대로 1위로 올라서지 못했으리라. 그 와중에 2위가 눈에 들어왔다.

담력이라. 한 번도 들어보지 못한 유저였다.

직업은 파워 궁수

슬쩍 고개를 돌려 저 멀리 위치한 유저를 쳐다봤다. 긴 거리에서 꾸준히 공격을 퍼붓던 저 사내가 아마도 2위를 차지한 유저이리라.

저격수 느낌인가?

흥미로운 시선으로 그를 바라보고 있는 사이, 기여도 순위가 정산되었다.

[기여도 1위를 달성하였습니다.]
[특급 상자(3개)를 선택할 수 있습니다.]

무혁에겐 상자를 택할 권리가 주어졌다.

1. 무기

2. 방어구

3. 액세서리

4. 경험치

5. 금화

6. 명성

7. 업적 포인트

8. 공헌도

그것도 무려 3개나.

옆에 있던 성민우와, 예린, 루돌프가 다가왔다.

"보상 뭐냐?"

"상자."

"무슨 상자? 난 상급 랜덤 상자 떴는데."

예린과 루돌프가 같은 게 나온 모양이었다.

수량은 1개씩.

"난 특급 상자."

"오호? 랜덤?"

"아니, 선택하는 거야. 무기, 방어구, 경험치. 뭐 이런 것들 중에서."

"아하."

"그래도 1위 보상치고는 좀 아쉬운데?"

애매한 듯 고개를 갸웃거리는 세 사람.

그에 무혁이 웃었다.

"3개거든."

"엉? 뭐가?"

"상자를 3개 선택할 수 있다고."

"허얼, 특급 상자가 3개라고? 그것도 선택으로?"

"어."

"미친, 난 39위인데……!"

39위가 상급 랜덤 상자 1개. 1위가 특급 선택 상자 3개.

확실히 차이가 컸지만 어쩔 수가 없었다.

그래야 1위를 하는 이유가 생기니까.

"근데 뭐 택할 거야?"

"글쎄."

그게 문제였다. 전부 다 갖고 싶지만 3개만 골라야 했다.

흐음, 뭐가 좋을까. 무기, 방어구, 액세서리는 패스.

딱히 필요가 없었다. 금화도 욕심이 나지 않았다.

경험치도 필요가 없고. 남은 건 명성, 업적 포인트, 그리고 공헌도. 정확히 3개였다.

더 고민할 것도 없겠네.

무혁의 손이 움직였다.

[공헌도 상자(특급)를 획득합니다.]
[명성 상자(특급)를 획득합니다.]
[업적 상자(특급)를 획득합니다.]

얻은 상자를 곧바로 개봉했다.

[전사 길드 공헌도(500)를 획득합니다.]

전사 길드 공헌도였다.

"호오……!"

십자 베기 역시 공헌도를 사용해 배운 스킬이었는데 또 한 번 공헌도를 얻게 되었다. 이걸로 새로운 종류의 공격 스킬을 배우면 될 것 같았다.

[명성(20,000)을 획득합니다.]
[칭호 '변화를 목격한 자'로 인해서 명성(2,000)을 추가로 획득합니다.]

명성은 무려 22,000점을 얻었다.
크, 좋잖아!
흥분을 이어가기 위해 업적 포인트 상자를 열었다.

[업적 포인트(150)를 획득합니다.]

두말할 것도 없는 최고 수준의 보상이었다. 보스 몬스터를 사냥하면서 쌓였던 피로감이 단번에 사라질 정도였다.

"끝내주는데?"

"뭔데? 뭘 고른 거야?"

"공헌도랑 명성, 업적 포인트."

"워, 업적 포인트도 있었냐?"

"오빠, 업적 포인트 고른 거야?"

"응."

"얼마나?"

"150점."

"크으, 죽이는구만."

"우와……."

"형, 부러워요."

이젠 꽤 알려진 정보. 업적 포인트.

간간이 얻었다는 게시물이 홈페이지에 올라오기는 하지만 같은 방법으로는 절대로 획득할 수 없다. 남들이 하지 못한 아주 어려운 일을 하거나 퀘스트를 깨야만 얻을 수 있다.

그도 아니라면 지금처럼 특별한 상황에서의 보상으로만 획득이 가능하다. 알면서도 얻을 수 없는 포인트라고 불리기도 하는 그것. 무혁은 이미 꽤나 얻었고 또 사용했고 지금 다시 한번 획득했다.

-와, 업적 포인트?

-ㅁㅊ…….

-그것도 150점……!

-신전에서 사용하는 거죠?

-맞아요. 공격력 같은 거 업적 포인트로 살 수 있다더라고요.

-헐, 대박이네요.

-부럽다ㅠㅠ

-아, 무혁 님. 운 더럽게 좋네.

-나도 얻고 싶다고!

방청자의 질시와 부러움을 뒤로한 채.

네 사람은 헤밀 제국으로 돌아갔다.

"바로 마을로 고고?"

"아니."

"아, 업적 포인트 쓰게?"

"어, 정비도 좀 하고."

"오케이."

보다 더 강해질 미래를 상상하며 속도를 높였다.

헤밀 제국에 도착한 시각. 1시 55분.

"오빠."

"음?"

"비상벨이 계속 울려서. 나가봐야 될 거 같아."

"비상벨이?"

"응, 점심 먹으라는 건가 봐."

"아아."

성민우가 끼어들었다.

"그러네. 밥 먹고 와야겠다. 3시까지 보는 걸로?"

"그래."

"그럼 조금 있다 봐!"

예린이 먼저 나가고 성민우와 루돌프가 시간을 두고 로그아웃을 했다. 무혁은 정비부터 할 생각이었기에 일단 신전으로 향했다. 대신관을 만나 업적의 문으로 안내를 받은 후 그 안으로 들어갔다.

[업적 포인트 2단계]

[힘의 물약]

구입을 누르고 원하는 수량을 선택했다.

[힘의 물약(23개)을 획득합니다.]
[남은 업적 포인트 : 5점]

흑마법사 지케라를 상대하면서부터 모아왔던 350점의 업적 포인트 대부분을 사용했다. 하지만 전혀 아깝지 않았다.

[힘(1)이 상승합니다.]×23

덕분에 전투력이 급격하게 증가했으니까. 무혁의 공격력만 69가 상승했고 스켈레톤의 힘 역시 전체적으로 평균 7개가 올라갔다. 기마병과 검뼈, 그리고 활뼈의 공격력이 치솟았으니 사냥 속도가 증가하고 그것은 곧 남들보다 더 빠른 성장으로 이어진다.

이것만으로도 대단하지만 아직도 공헌도가 남았다.

[공헌도(헤밀 제국) : 1,620점]

[공헌도(위브라 제국) : 72점]
[공용 공헌도 : 2,750점]

아뮤르 공작에게 부탁하면 창고에 들어갈 수 있을 것이다.

그에게 부탁해야 하나?

하지만 공헌도를 또다시 아뮤르 공작의 개인 창고에 사용하는 건 뭔가 아쉬웠다. 어차피 그곳은 이미 대부분 훑어봤었고 딱히 필요한 건 없었으니까.

그래서 욕심이 났다. 황제와 연이 닿은 지금, 잘만 하면 제국의 보물창고에 들어갈 수 있을지도 몰랐다. 아주 오래전부터 모아왔을 보물들. 긴 세월이 묻어 제각기 다른 의미로 아로새겨졌을 역사. 그 힘이 깃든 무구들, 물품들.

그것은 결코 귀족의 개인 창고에 비할 바가 아니리라.

그런데 어떻게?

어떻게든 황제를 만났다고 치자. 다짜고짜 창고를 열어 달라고 말하면?

아무리 귀족이 되었다지만 그건 위험부담이 컸다.

"흐음."

가장 좋은 방법은 큰 공을 세워 황제와 대면하는 것이다.

거기서 황제는 보상을 내리려고 할 것이고 그때 공헌도를 사용하고 싶다고 부탁하면 높은 확률로 헤밀 제국의 보물창고를 열어주리라.

대뜸 가서 공을 세우고 싶으니 적당한 퀘스트를 달라고 할 수도 없는 노릇이었기에 결국 기다리는 수밖엔 없었다.

뭐, 곧 부르겠지.

에피소드의 흐름상 그럴 확률이 높았다. 그때까지는 공헌도를 조금 더 모아두는 것도 나쁘지 않을 것 같았다. 그렇게 결정을 내리고 대장간, 그리고 잡화점, 식품점 등등을 돌아다녔다. 1회용 제작 도구와 1회용 요리 도구, 각종 식재료와 몇 가지 물품을 구입한 후 일루전에서 나왔다.

거실로 향하니 꽤나 조용했다. 평일인지라 모두 각자의 일로 바쁠 시간이었기 때문이다.

엄마도 나갔나?

거실로 향하니 탁자에 종이가 붙어 있다.

[아들, 오랜만에 친구들 보고 올게. 반찬은 해놨으니까 밥만 퍼서 먹어.]

그에 조금은 식은 김치찌개를 끓이고 밥을 펐다. 이후 차려진 반찬과 함께 음식을 먹었다. 순간 지루해진 무혁은 휴대폰을 가지고 와서 일루전 홈페이지를 살폈다.

"호오."

타임어택 던전과 관련된 게시물은 여전히 1위였고 조회 수가 400만까지 치솟은 상태였다.

이후 이것저것을 확인하는 사이 밥이 사라져 버렸다.

"어?"

아무래도 모두 먹은 모양이다. 배가 부른 걸 보니.

무혁은 반찬과 그릇을 정리하고 설거지를 한 후 시간을 확인했다.

2시 50분. 약속했던 3시까지 아직도 10분이나 남은 상태였기에 여유롭게 이를 닦고 볼일을 본 후 캡슐에 누웠다.

[새로운 세상에 오신 것을 환영합니다.]

곧바로 광장으로 향했다.

"오빠!"

예린이 먼저 도착한 상태였다.

"일찍 왔네?"

"응! 빨리 먹구 왔어."

"두 사람 오려면 멀었으니까 좀 쉬자."

"좋아!"

두 사람은 광장 한쪽에 자리를 잡고 앉았다. 뒤쪽에 위치한 분수대에서 떨어지는 물줄기가 기분 좋은 소리를 냈다.

"데이트하는 거 같아서 좋다."

"그러게."

유저들이 분주하게 돌아다니고 있지만 그 모습은 눈에 들어오지 않았다. 맑은 하늘과 솜사탕보다 더 부드러워 보이는 구름, 그리고 불어오는 시원한 바람에 그저 상쾌함만 기분 좋게 만끽할 뿐이었다.

"아, 좋다."

그냥 이렇게 있는 것만으로도 행복했다.

그 탓일까. 순식간에 시간이 흘러갔다.

"그림 좋은데?"

그때 흔한 양아치 대사를 뱉으며 다가오는 성민우가 보였다. 그 뒤에 위치한 루돌프도.

네 사람이 모두 모였지만 딱히 가야 할 곳은 없었다.

"마을 갈 거지?"

"아니."

"어? 왜?"

"가도 할 게 없어."

지금은 광산을 개발하고 있을 시기라 도움이 될 게 없었다. 마을에 자금이라도 있다면 작은 것부터 건설이라도 하겠지만, 그것도 아니라서 현재는 기다리는 게 최선이었다. 광산 개발을 마치고 마을 청년들이 일을 시작하면 돈이 돌게 된다. 거기서부터 발전이 이루어지리라.

"아아, 자금이 없다고 그랬었지?"

"어, 조금 투자해 봐야 티도 안 날 테니까. 광산 개발 끝날 때까지 조금만 기다리면 될 거야."

"흐음, 그럼 지금은 용병 의뢰라도 받을까?"

갑자기 이어지는 침묵.

"뭐야, 이 분위기는."

"용병 의뢰도 좀 지겨워."

"맞아, 오빠. 사냥 의뢰만 할 거잖아."

"효율이 좋으니까, 아무래도."

세 사람이 의견을 교환할 때, 무혁은 생각에 잠겼다.

재밌는 거라.

딱히 생각나는 건 없었다. 그래서 별생각 없이 퀘스트 목록을 살피는데 예전에 깨뜨리다 말았던 용병 의뢰가 상당히 많았다. 하나같이 하다가 지겨워서 포기했던 것들이었다.

그러다 하단에 위치한 의뢰 하나가 눈길을 사로잡았다.

[신비로운 장소의 위치]

[퀘스트를 받기 위해선 위브라 제국 궁수 길드장, 시몬을 찾아가야 합니다.]

궁수 길드장, 시몬.

기억이 났다. 리바이버 드레이크 사냥 퀘스트를 끝낸 후 받았던 보상이 바로 이 퀘스트였다.

당시에는 레벨이 되지 않아서 뒤로 미뤘었다. 덩달아 아직까지 사용하지 않고 있었던 전사 길드의 공헌도가 떠올랐다.

이게 있었네.

레벨이 조금 낮은 퀘스트이긴 하지만 연계 퀘스트라는 기대감이 있었기에 깨도 좋을 것 같았다. 궁수 길드에 가기 전, 전사 길드에서 스킬을 하나 구입하는 것도 계획에 넣었다.

"저기."

"아니, 그래도 의뢰보다는……."

"얘들아?"

"탑이나 던전이 찾기 쉬운 것도 아니……."

"어이!"

성민우의 어깨를 쥐었다.

"어, 어?"

그제야 시선이 무혁에게 집중되었다.

"내가 할 말이 있거든?"

"어어, 그래, 해야지. 뭔데?"

"예전에 연계 퀘스트로 받아둔 게 있는데……."

대충 설명을 하자 성민우와 예린이 반겼다.

"어, 진짜?"

"우와, 오빠. 그거 하자!"

"근데 최소 렙제가 낮아."

"괜찮아, 괜찮아."

"맞아, 연계 퀘스트는 나중에 어떻게 될지 아무도 모르는 거잖아. 그래서 더 긴장되고 막 흥분되는 거라구!"

"그럼, 해볼까?"

"오케이!"

"좋아!"

한 사람, 루돌프는 고민에 빠진 표정이었다.

"왜?"

"어, 형. 저도 퀘스트 생각난 게 있어서요. 이거 급한 거였는데……."

"그래?"

"네, 아무래도 가야 될 거 같아요."

그러면서 투명 화살을 무혁에게 돌려줬다.

"복제는 충분히 해뒀으니까 나중에 또 올게요."

"그래, 다음에 보자."

"네! 다들 수고하세요!"

루돌프가 가고. 남은 세 사람은 퀘스트를 받기 위해 위브라 제국으로 향했다.

먼저 전사 길드부터 찾아갔다.

"여기 공헌도를 사용하려고 하는데요."

"공헌도요?"

"네."

"이쪽으로 오세요."

따라오라는 말에 무혁이 뒤를 돌아봤다.

"잠깐만 기다려."

"오케이."

"응, 오빠."

성민우와 예린은 1층을 구경했고 그사이 무혁은 2층으로 올라갔다. 왼쪽 문을 열고 들어가자 중앙에 책 한 권이 가늘고 긴 탁자 위에 놓여 있었다.

"책 위에 손을 올린 후에 공헌도에 맞는 물품을 고르시면 됩니다."

"감사합니다."

사내가 기다리는 사이, 무혁은 책에 손을 올렸다.

[전사 길드 공헌도 물품]

1. 아이템

2. 스킬

1번을 누르자 수십 개의 아이템이 떠올랐다. 하나씩 살펴보던 무혁의 미간이 절로 찌푸려졌다. 옵션이 완전 별로였기 때문이었다. 조금 괜찮다 싶으면 필요 공헌도가 1천이 넘어갔다. 무혁이 지닌 500점으로는 턱도 없었다.

그래서 2번. 이번에는 스킬을 택했다.

[방패치기 1Lv(0%)]

상대방을 방패로 밀친다. 가격당한 적은 뒤로 밀려난다.

-대미지 : 물리공격력×120%

-필요 MP : 150

-쿨타임 : 50초

[필요 공헌도 : 350]

첫 스킬부터 눈에 들어왔다.

나쁘지 않은데.

예전, 십자 베기를 구입할 때와는 스킬의 구성이 달랐다.

그 탓에 집중해서 더 살펴봤지만 넉백 효과를 제외하고는 마음에 드는 게 없었다. MP 소모도 많았고 스킬 계수 역시 낮은 편이었던 것이다.

2번, 3번 역시 별로여서 바로 넘어갔다. 그러다 4번에서 멈춘 무혁이 피식하고 웃었다.

[강한 일격 1Lv(0%)]
말 그대로 강력한 힘을 담아 일격에 휘두른다.

-대미지 : 물리 공격력×130%

-필요 MP : 50

-쿨타임 : 30초

[필요 공헌도 : 300]

아머나이트가 배우는 스킬이었다.

이것도 있었구나.

이걸 굳이 공헌도까지 사용해서 배울 생각은 없었다.

5번도 별로고.

하나씩 차분하게 살피기를 반복했다.

[파워대시 1Lv(0%)]
상대방과의 거리를 순간적으로 좁힌 후 어깨로 부딪친다.

-대미지 : (물리 방어력 + 마법 방어력)×250%

-필요 MP : 150

-쿨타임 : 40초

[필요 공헌도 : 400]

드디어 마음에 드는 게 나타났다.

"호오."

순간적으로 거리를 좁히는 것도 좋았고 대미지 계수 역시 아주 마음에 들었다.

대충 계산해 봐도…….

머리가 빠르게 굴러간다.

현재 물방은 530 정도, 마방은 470 정도다. 합하면 1천. 그러면 적용되는 대미지가 무려 2,500이나 된다. 그것도 겨우 1레벨짜리 스킬이 말이다. 레벨을 올리게 되면 웬만한 공격 스킬보다 더 뛰어난 대미지를 얻을 수 있을 것 같았다.

흑마법사 지케라에게 실험을 당한 덕분이었다. 당시에는 정말로 어마어마한 스트레스였는데 이게 또 이런 식으로 복이 되어 돌아오니 기분이 나쁘진 않았다. 물론 그렇다고 해서 다시 실험을 당할 생각은 없었지만 말이다.

구입을 하기 위해 손을 뻗는 순간.

으음, 잠깐.

혹시 더 좋은 스킬이 있을지도 모르는 일이라 나머지 스킬도 살펴봤다. 안타깝다고 해야 할지, 다행이라도 해야 할지 마음에 드는 스킬은 보이지 않았다.

역시 파워대시가 최고네.

다시 돌아가서 12번을 찾아서 구입했다.

[12번 스킬북을 획득합니다.]

[전사 길드 공헌도(400점)를 사용합니다.]

[스킬 '파워대시'를 습득합니다.]

만족스럽게 웃으며 방을 나섰다. 방에서 나온 무혁은 1층에서 기다리고 있던 두 사람과 함께 궁수 길드를 찾아갔다.

"어서 오세요!"

"네, 길드장님 뵈러 왔는데요."

무혁의 말에 사내가 되물었다.

"길드장님을요?"

"네."

"어, 약속은 하셨나요?"

"아뇨."

"그러면 안 될 텐데……."

"무혁이라고 전해주세요."

"어, 그게……."

"전해만 주세요. 아마 기억하고 계실 겁니다."

"아, 네. 잠시만요!"

사내가 위로 올라가고 얼마 지나지 않아 길드장, 시몬이 모습을 드러냈다. 사내와 함께 내려오고 있었는데 무혁을 보더니 반가운 표정을 드러냈다.

"자네군!"

"오래만이네요."

"허어, 도대체 왜 이렇게 늦게 찾아온 건가."

까먹고 있었다고 말할 순 없었다.

"바쁘다 보니까요."

"뭐, 바쁘면 그럴 수 있지. 뒤에 있는 이들은 누군가."

"제 동료예요."

시몬이 미간을 살짝 찌푸렸다.

"그런가?"

"네. 주신다던 그 보상, 제 동료와 함께해도 될까요?"

"흐음, 날 도와준 건 자네뿐이지 않나."

"그렇긴 하죠. 어떻게 안 될까요?"

"허어, 이거, 참."

시몬이 한참을 고민했다.

"본래라면 절대 안 되지만, 자네가 도와준 게 워낙에 커서 이번에만 특별히 들어주지."

"감사합니다."

시몬이 성민우와 예린을 쳐다봤다.

"자네들도 같이 올라가지."

"고맙습니다!"

다 같이 위층으로 올라갔다.

시몬의 방. 자리를 잡고 앉자마자 그가 본론을 꺼내왔다.

"보상이라고 말했듯이 어려운 건 아니네."

동시에 메시지가 떠오른다.

[퀘스트 '신비로운 장소의 위치'가 갱신됩니다.]

웃으며 시몬의 이어지는 말을 귀담아 들었다.

"다만 그 장소에서 무엇을 발견할지, 또 무엇을 얻을지는 전적으로 당사자에게 달려 있기에 과연 그 보상이 합당한지에 대해선 더 뭐라고 말할 수가 없군."

그 말에 오히려 흥미가 생겼다.

"좋군요."

"음? 그게 마음에 드나?"

"각자의 능력대로 얻는다. 좋잖아요."

"크하하하, 그렇군. 그럼 부담 없이 알려주지. 내가 말했던 그 신비로운 장소는……."

시몬이 한 장의 지도를 꺼내더니 펜으로 작게 표시했다.

"바로 여기일세."

그 지도를 무혁에게 건넸다.

to be continued

마왕성 플레이어

트레샤 퓨전 판타지 장편소설

WISHBOOKS FUSION FANTASY STORY

신들의 전장, 하멜.

집으로 돌아가기 위한 마지막 싸움.

믿었던 동료가 배신했다!

[영혼 이식의 대상을 선택해 주십시오.]

뒤바뀐 운명. 최약의 마왕. 그리고…….

"이번에는 좀 다를 거다!"

어둠 속에 날카로운 칼날을 감춘,
마왕성 플레이어의 차가운 복수가 시작된다.

우진 현대 판타지 장편소설

WISHBOOKS MODERN FANTASY STORY

다시 태어난 베토벤

Wish Books

1827년 한 남자의 죽음으로 고전 시대가 저물었다.

**그러나
그가 지핀 낭만의 불씨가 타오르니
비로소 새로운 시대가 열렸다.**

긴 시간이 흘러 찬란했던 불꽃도 저물어 갈 즈음.
스스로 지핀 불씨를 지키기 위해
불멸의 천재가 다시 태어났다.

〈다시 태어난 베토벤〉

**마치 운명이 문을 두드리듯
힘차게 손을 뻗어 외친다.
*"아우아!"***

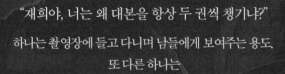